U0944120

THE FRIEND: A NOVEL
SIGRID NUNEZ

我的朋友阿波罗

【美】西格丽德·努涅斯——著
姚君伟——译

上海译文出版社

你必须意识到，你无法指望通过写作来抚慰自己悲伤的情绪。

——娜塔丽亚·金兹伯格[1]《我的使命》

你会看到一个大箱子，放在地板的中央，上面坐着一只狗，一双眼睛大如茶杯。但你根本无须惧怕它。

——安徒生《打火匣》

每部小说真正想要回答的问题是：人一辈子值得活吗？

——尼科尔森·贝克

《小说的艺术》(第 212 期)，载《巴黎评论》

1 Natalia Ginzburg（1916—1991），意大利作家。她最知名的作品包括《昔日我们种种》（*Tutti nostril ieri*，1952）、《城市与家》（*La città e la casa*，1984）、《夜晚的声音》（*Le voci della sera*，1961）、《家庭絮语》（*Lessico famigliare*，1963）、《曼佐尼家族》（*La Famiglia Manzoni*，1983）等。

第一章

20世纪80年代期间，在加利福尼亚州，很多柬埔寨裔女性因为同样的病症去看医生：她们看不见。这些女人全都是战争难民。在逃离自己的家园之前，这些女人中很多遭到强奸、虐待或其他残暴对待。她们极大多数都曾眼睁睁地看着亲人在自己面前遭到杀害。一名女子说，一些士兵来到她家带走了她丈夫和三个孩子，从此她再也没见过他们，四年来她每日以泪洗面，哭瞎了双眼。她似乎不是唯一一个哭瞎眼睛的人。还有其他人出现了视力模糊或部分视力丧失的症状，她们看东西出现重影而且眼睛疼痛。

医生给这些女人做了检查——总共150人左右——发现她们的眼睛正常。做进一步的检查后，结果显示她们的脑部也正常。如果这些女人所言属实——的确有一些人对此表示怀疑，他们认为这些女人可能是在装病，因为她们想获得关注，或者是希望领取政府发给残障人士的福利金——那么，唯一的解释就是心理原因致盲。

换句话说，由于被迫经历了太多恐怖的事情，而且再也无力承受更多，这些女人便设法熄灭了自己心中的那盏灯。

这就是你尚在人世时和我谈论的最后一件事。此后，只收到你的一封电子邮件，上面是一份书单，列出了你认为也许对我的研究会有帮助的书目。以及，因为时值年末岁尾，信上还有新年祝福。

你的讣告上有两处错误。其一是你从伦敦搬到纽约的时间：相差了一年。其二是拼错了第一任妻子的娘家姓。都是小错误，后来也都更正了，不过，我们都知道，这些错误是会惹恼你的。

然而，在你的追思会上，我无意中听到了一些事，这些事会让你开心：

我希望我当时能祈祷。

什么阻止你了呢？

他呀。

是会的，是会的。死者栖身在假定的、紧张的虚幻中。但是也有一种奇特的感觉，即，你已变得无所不知，我们所做的事、所想的事、所感觉的事，没有一样瞒得过你。这个奇特的感觉是：你在看这些文字，甚至在我将它们付诸笔端之前，你就知道它们要表达什么。

如果你长时间地嚎啕大哭，你最终会视线模糊，这是千真万确的。

我当时正躺下来，那是中午，但我在床上。所有的哭声都令我头疼；数天来，我感到一阵阵的头痛。我起身走到窗前朝外看。那时还是冬天，窗子边很冷，有一股冷风气流。不过让人觉得很舒服——就像是把我的额头靠在冰冷的玻璃上一样。我不停地眨眼睛，但视线仍然不清晰。我想到了那些哭瞎双眼的女人。我又眨巴眨巴眼睛，愈发担心。这时，我看到了你。你身穿那件褐色的经典短款夹克，就是太紧的那一件——而穿在你身上就是好看——你一头长发乌黑、浓密。我因此清楚我们必须及时回去。回到很久以前。几乎是30年前。

你要去哪儿？没什么具体的地方要去。没什么差事要做，没什么约会要赴。只是闲逛逛，两手插在口袋里，欣赏着街景。这就是你的事儿。如果我不能散步，我就不能写作。你通常在上午工作，有的时候，这种情况总会出现，当你似乎连一句话都无法写出来的时候，你就会出去散步，走上数英里的路。如果天气不好,散不了步,你就会咒骂（不过，这种情况很少发生，因为你根本不在意天冷或下雨，只有真正的暴风雨才挡得住你）。等你回来时，你便会再一次坐下开始工作，努力保持自己散步时确定的节奏。你越是成功地保持节奏，也就写得越好。

你说,因为全都是关于节奏的。优美的句子以节拍开始。

你发表了一篇题为《如何成为一名闲荡者》的随笔文章，讨论城市的漫步和闲逛的习俗及其在文学文化中的地位。因为质疑是不是真能有女闲荡者这样的事，你遭到了抨击。你认为女人不可能怀着与男人一样的情绪、采取一样的行为举止漫步街头。女性步行者不停地受到干扰：被盯视、被评价、被人发嘘声和被猥亵。女性长大成人期间就一直被教导要时刻保持警惕：这家伙是不是走得太近了？那家伙是不是在跟踪她？那么，她如何才能放松情绪，来体验失去自我意识的感觉，来体验作为真正的闲荡者的理想中那种纯粹的境界的欢愉呢？

你得出结论说：对女人而言，对应的做法也许是购物——尤其是那种人们并不是要买什么，只是随便看看的逛商店行为。

我认为你这个观点一点儿没错。我认识很多女人，她们无论何时都要鼓起勇气才离家外出，甚至有一些人还尽量避免离家外出。当然，女人只有等她到了一定的年纪，当她变得不显眼，然后——麻烦就解决了。

注意你是如何使用*女人*这个词的，此刻，你真正的意思是指年轻女人。

最近我散步很多却没有写作。我错过了截稿日期。获得同情得到宽限。再一次错过截稿日期。现在，编辑认为我是在装病逃避。

我当时不是唯一一个错误地这样认为的，因为这是你谈论颇多的事情，这是你不愿做的事情。而且，你毕竟不是我们认识的人当中最不快乐的一个。你不是最沮丧的人（想想G，还有D，或者T-R）。现在这么说听上去很奇怪：你甚至算不上是最想自杀的人。

由于时间的选择，临近新年，便有可能认为，这是一个决定。

你过去多次谈论过这事儿，其中一次你说过，会阻止你的是你的学生。自然，你是担心这样的言传身教对他们的影响。然而，去年你离职时我们根本没有想到这件事，即便我们当时都清楚你喜欢教书而且你也需要这份薪水。

还有一次，你说道，人到了一定的年龄，这可能就是一个理性的决定、一种完全明智的选择，甚至是一种解决方案。这和年轻人自杀的情况不一样，年轻人自杀绝对是一个错误。

有一次，你说我觉得我宁愿过一种中篇小说般的人生，这句话让我们捧腹大笑。

史蒂维·史密斯把死亡称为唯一的神，此神召之即来，这说法让你非常开心；人们还有各种不同的方式来表达“如果不是为了自杀他们就无法继续”，这同样令你开心。

一个晴好的春日上午，和塞缪尔·贝克特一起散步时，他的一个朋友问道：这么春光明媚的一天难道不会让你觉得活着很开心吗？贝克特说，我就到此为止啦。

难道不是你告诉过我们泰德·邦迪[1]曾在一个自杀干预中心接听电话的吗？

泰德·邦迪。

嗨。我是泰德，我在听着呢。请跟我谈谈。

将会有一场追思会，这让我们大吃一惊。我们都听你说过，你绝不要任何这样的仪式，即便想想这种事也会让你觉得讨厌。难道是三夫人直接做出了不理这一茬的选择？难道是因为你没有白纸黑字写下来？和大多数自杀者一样，你没有留下绝命书[2]。我从未搞懂为什么称之为短笺。肯定有

1 Ted Bundy，美国一个活跃于1973年至1978年间的连环杀手，影片《沉默的羔羊》中的人物原型之一。

2 原文此处为a note，指a suicide note，指自杀者的绝命书，note又指短信，故作者会说下面的话。

人留下的话并不简短。

德语中称之为Abschiedsbrief,意为“辞别信”。(好一些。)

至少，你希望火葬的愿望得到了尊重，没有葬礼，没有七日服丧期仪式。讣告上强调你是无神论者。在宗教与知识两者之间，他说，一个人必须选择知识。

有人评论说，任何一个了解一丁点儿犹太历史的人说出这种话都是一件荒谬的事。

追思会举行的时候，此事引起的震惊已逐渐减轻。大家把注意力转移到去推测三个夫人共处一室会是什么样的情景。更不用说还有N个女友（有人开玩笑说，所有的女友一起来，一个房间是塞不下的）。

循环播放的幻灯片残酷地提醒人们失去的美貌、逝去的青春，除此之外，追思会和一般的文学聚会没有什么不同。一些人聚在接待处大声谈着钱、作为补偿的文学奖项，以及最近这样的作者该死这类评论。这种情况下的礼仪意味着没有人会哭哭啼啼。人们利用这个机会相互间建立联系、了解近况。大家在传着二夫人的八卦，对她在纪念文章中的过度自曝隐私直摇头（现在又有谣传说她正在把那篇文章扩充成一本书）。

必须说的是，三夫人看上去容光焕发，不过，那光就像是来自一叶刀片上的寒光。她的举止表明：谁把我当作可怜的对象，谁暗示我过去该受责备，我就砍谁。

她询问我的写作进展时，我很感动。

等不及要看了哦，她虚情假意地说。

我说，我不能肯定我会不会写完。

哦，可是你知道的，他是会希望你写完的。（是会。）

她有个令人困惑的习惯，一边说话，一边缓缓摇头，仿佛同时在否认她说的每一个字。

一个说红不红的人走近了。在走开前，她说，我能给你打电话吗？

我早早就离开了。出去时，我听到有人说，我希望我的追思会能有比这更多的人到场。

还有：现在他正式成为一名已故的白人男子。

文学界藏着仇恨，是一个布满狙击手的战场，总是上演着嫉妒和较量的大戏，这是真的吗？美国国家公共电台的记者问那位著名的作家。他回应说是的。有很多妒忌和敌意，作家说道。他还试着解释：就像是一条在下沉的救生筏，有太多的人拼命想爬上去。因此你奋力划的每一桨都能助你让救生筏浮上来一点点。

如果阅读真的会增加共情，就像我们一直被告知的那样，那么，写作似乎会减少一些。

一次会议上，你面对座无虚席的会场一语惊人：你们这些人都哪儿来的观点，认为当作家是件美妙的事情？西姆农说过写作不是一个职业，而是一个不快乐的使命。乔治·西姆农，他以本名署名写了数百部小说，还有数百部是以20几个笔名分别署名的；在他退休的时候，他是世界级畅销书作家。现在，这真是够不快乐的。

他吹嘘说已和不下一万个女人有过性关系，她们中如果不是大多数，那也有很多是妓女；他还自称为女权主义者。他的文学导师居然是科莱特，而他的一个情人居然是约瑟芬·贝克；不过据说他已经中断这段情缘，因为太干扰他的写作了，使他当年的小说创作减少到了糟糕的12部。当有人问起，是什么令他成为一名小说家，他回答说：我对我母亲的仇恨。（那真是深仇大恨啊。）

闲荡者西姆农：我所有的书都是在我散步时来到我脑子里的。

他有个女儿，病态地爱上了他。她还是个小姑娘时，开口要一枚结婚戒指，他给了她。她长大后把那枚戒指改大以便能戴在自己的手指上。25岁的时候，她饮弹自杀。

问：巴黎的年轻人从哪里能搞到一支枪？

答：从枪匠那儿，她在爸爸的一部小说中看到过相关内容。

1974年的一天，在我有时也任教的同一所大学的教室里，一位诗人向那学期她任教的工作坊宣布：我下周可能不在这儿了。后来，在家中，她穿上她母亲的一件旧毛皮大衣，一手端着一杯伏特加，把自己关在了车库里。

母亲的旧毛皮大衣是写作老师喜欢向学生提出的那种细节——说明问题的细节——就像西姆农的女儿是如何搞到枪的——这些细节日常生活中随处可见，但是，在学生的小说中却往往缺失。

诗人上了她的轿车，一辆1967年款的老式汽车，番茄红的美洲狮，随即发动了车子。

在我教的第一门写作课上，当我强调了细节的重要性后，一个学生举手说，我完全不同意。如果你想要很多的细节，那你应该看电视。

我后来会觉得，这个观点并不真正像它看上去的那么蠢。

还是这个学生，他谴责我（他所用的词是像你这样的作家）试图令写作看起来比实际上难很多以此来吓唬其他人。

我们为什么要做这种事呢？我问道。

哦，得了，他说。这还不明显吗？蛋糕就这么大呀。

我自己的第一个写作老师通常告诫她的学生，如果他们能够做任何别的事情——不是当作家——来谋生，任何其他的职业，那么，他们都应该从事该职业。

昨天晚上，在联合广场站，一个男子在用长笛非常诙谐地吹奏《玫瑰人生》。最近，我日渐脆弱，一些曲子会萦绕在脑海挥之不去；长笛手活泼地演奏着，这首歌肯定一整天都要缠绕在我耳边了。他们说要想摆脱掉一首总在脑海中回荡的曲子，办法就是把这首歌从头到尾完整地听上几遍。我听了最著名的版本，当然是伊迪丝·琵雅芙的。这首歌由她作词，1945年首唱。现在，是小麻雀[1]那奇怪的、咩咩的、法国之灵魂的声音在耳边回荡不息了。

也是在联合广场站，一名男子拿着一个牌子，上面写着：无家可归没有牙齿的糖尿病银[2]。一名乘客把零钱投到那人的纸杯子里时说道，他是个好人。

有时，当我在电脑上时，会出现一个弹窗：你在写一本书吗？

三夫人想跟我谈什么？我可能不像你预料的那么好奇。如果有你寄来的信或发来的消息，此刻我肯定已经收到了。她可能在计划其他形式的纪念仪式，一本纪念文集，比如说，如果是这样的话，她又要去做一些你说过你不想要的事情了。

---

1 即伊迪丝·琵雅芙（Edith Piaf），她原名为Édith Giovanna Gassion，艺名为Môme Piaf，即“小麻雀”。

2 原文为diabethee，糖尿病应为diabethes，作者说，因为此处无家可归的人没有牙齿，发音不准，导致拼写错误，所以此处译为“糖尿病银”。

我惧怕这次会面，不是因为我不喜欢她（我并不），而是因为这些仪式我一个也不想参加。

而且我不想谈论你。我们之间的关系某种程度上讲是非同寻常的,其他人往往无法很容易就搞懂。我从来没问过，因此也就一直不知道，你和你的三任夫人是怎么谈及我们的关系的。我一直很感激，虽然三夫人不像大夫人那样是我的朋友，但至少她不像二夫人那样是我的敌人。

你的婚姻需要你的友谊作些调整，这不是她的错；婚姻就该如此。当你处在婚姻空当期的时候，你和我是最亲近的；不过你的空当期从来不会持续很长时间，因为你无法独处，这几乎达到了病态的程度。你有一次告诉我，鲜有例外，诸如你出差旅行，比如新书巡展宣传（即使那时也非总是如此），40年来你从来没有哪个晚上是一个人睡的。在婚姻空当期，总会有个女朋友。在没有女朋友的时候，就会有一夜情。（也会有你喜欢称之为途经式的偶遇，但这些不涉及睡觉。）

此处暂且打住，也不是毫无羞耻，但必须承认：每次听到你又爱上什么人的消息，我都要经历一番痛苦；每次听说你又和什么人分手了，我就抑制不住一阵狂喜。

我不想谈论你，也不想听到别人谈论你。当然，这是陈词滥调：我们谈论死者是为了记住他们，为了让他们——以我们唯一能做到的方式——活着。但是我发现，谈论你的人越多，比如那些在追思会上发言的人——那些爱你的人，那些熟悉你的人，那些能说会道的人——你似乎逃遁得越远，你越变得像是一幅全息图。

至少我没有受邀去你家，这让我如释重负。（那还是你的家啊。）并不是我对这个地方有特别强烈的联想，因为是你的家，但几年间也就去过两三次。我清清楚楚记得我的第一次登门拜访，那时候你刚搬进去不久，我获得了一次参观褐石屋[1]的机会，羡慕里面的嵌入式书柜和铺在年代久远的胡桃木地板上的精美地毯；这一切都在提醒我，当代作家本质上是多么的资本家似的锦衣玉食啊。一次，在另一个作家的家里，一顿丰盛的晚餐席间，有个人提出了福楼拜著名的法则：像资本家那样去生活，像半神半人那样去思考；不过，我从未看出那个野蛮人自己的生活多

1 指房子由一种褐色的石头建造而成。

大程度能说得上和普通的资本家相似。如今（饭桌上的人都同意）软弱无能的波希米亚人几乎不复存在，取而代之的是那个追求新奇的时髦人士，以其无所不知、以其消费者的悟性、以其趣味和其他有修养的品味而为人所知。不管公平与否，我们的主人声称，如今很多作家承认，他们为自己所做的感到尴尬甚至羞愧，他边说边打开了第三瓶酒。

繁荣期时你已搬家到那儿数十年了，后来看到布鲁克林成了一个品牌，你很沮丧；你的四周邻里已变得和60年代反主流文化一样难以描写，你对此事实深感困惑：不管一个人的出发点有多真诚，戏仿的笔墨流淌而出。

和福楼拜所言同样著名的是弗吉尼亚·伍尔夫的话：一个人如果没吃好，那他就思不好、爱不好、睡不好。言之有理。但是，那个吃不饱饭的艺术家也非总是一个神话，又有多少思想家过着像乞丐一样的生活，或被葬在穷人的墓地啊。

伍尔夫把福楼拜和济慈都称为受尽磨难的天才，因为这个世界对他们太冷漠。然而，你认为福楼拜——他曾说过所有的女艺术家都是荡妇——会把伍尔夫说成什么样的一种人呢？两个人都创作出了自杀身亡的角色，伍尔夫自己后来也自杀了。

曾经有一段时间——很长一段时间，那时候——你和我几乎每天都见面。但是过去的几年间，我们可能不只是住在一个城市不同的区，而是一直生活在不同的国家，虽经常联系但大多是通过电子邮件。去年一年，我们见面比以前频繁，在聚会上或读书会上或其他场合，不过都是碰巧而非事先计划好的。

因此，我为什么那么害怕涉足你家呢？

我觉得，瞥见某一件熟悉的衣服，或某一本书或一张照片，或闻到你的气息，这些都会令我崩溃。我可不想这样崩溃，边上就站着你的遗孀，哦，我的上帝。

你在写一本书吗？你在写一本书吗？点击此处获悉如何出版。

最近，自从我开始写这本书，一条新消息就不停地弹出来。

一个人？害怕吗？沮丧吗？拨打24小时自杀热线。

唯一会自杀的动物也是唯一会流泪的动物。虽然我听说过当牡鹿被穷追围困，精疲力竭、陷入绝境、无法逃脱猎犬的追捕时，有时会流下眼泪。也有报道说大象会哭泣，当然，人们会对你讲述他们养的猫猫狗狗的事情。

据科学家们说，动物流泪是因为压力，不要和有情感的人类的流泪混为一谈。

对人类而言，因动感情而流出的眼泪的化学成分与为了清洁或润滑眼睛——比如说，因为某种刺激物——而形成的眼泪的成分是不一样的。我们知道，释放这些化学物质对流泪者是有好处的。这就解释了为什么人们经常发现大哭一场后感觉舒服些，而且，也许，这也是催人泪下的电影经久不衰受人喜爱的原因。

据说劳伦斯·奥利弗曾非常沮丧，他和很多演员不一样，他无法做到眼泪说来就来。知道演员的泪水构成的化学成分、了解它们属于两类中的哪一类会很有趣。

在民间传说和其他小说中，人类的眼泪，像人类的精液和人类的血液一样，都有魔性。格林童话《长发公主》故事的结尾，公主和王子在分开并受尽磨难多年后，他们又找到了对方并拥抱在一起，公主的眼泪流到了王子的眼睛里，他在女巫手里失明的双眼奇迹般地重见光明。

关于伊迪丝·琵雅芙的传奇故事很多，其中一个也是涉及其失明后神奇恢复的传说。她小时候因角膜炎双目失明几年，据说一些在她祖母开的妓院——当时正好也是小伊迪丝的家——接客的妓女把她带去朝圣圣女小德兰从而治愈了她的眼疾。这可能只是又一个童话故事，不过，下面这件事是事实：让·科克托曾经这样描述琵雅芙，说她吟唱的时候，“一个盲人的双眼被奇迹击中，便成了千里眼”。

但是，有两天时间，我的眼睛瞎了……我之前都看到什么了？我永远也不会知晓。一个诗人描述她孩提时代的一段经历的文字，一个标记暴力和污秽的时期。路易斯·博根。她还说过：我一定是从一出生就经历了暴力。

我原以为我对《格林童话》烂熟于心，但是我忘了王子曾试图自杀。当女巫对他说他再也见不到长发公主时，他相信了女巫的话，从女巫的塔上往下纵身一跃。我记得是女巫用指甲将他的双眼弄瞎——而且她还威胁说，抓住了他那只漂亮的鸟的猫也会把他的眼珠子挖出。但是，王子是因为跳了下去才失明的。他落地时下面有荆棘，荆棘刺穿了他的眼睛。

不过，即使在我还是个孩子的时候，我就认为女巫是有权利生气的。承诺就是承诺，而且似乎她并没有欺骗孩子的父母放弃他们的孩子。而且，她对长发公主精心照料，保护她远离邪恶的大千世界。来一个美少年从边上经过就能把她带走，这似乎根本就不公平。

我童年时期有一阶段最喜欢看童话故事，我有个邻居是盲人。虽然是成年人了，他仍然和父母生活在一起。他总是戴一副大大的墨镜，这样他的眼睛就隐藏起来了。让我迷惑不解的是，这个盲人居然要保护他的眼睛避免光线的刺激。他的脸上其余能被别人看到的部分粗犷且英俊，就像是电视系列剧《来复枪手》中的主角一样。他可能曾经是个电影明星，或是个间谍，但在我写的关于他的故事当中，他是个受伤的王子，救活他的是我的眼泪。

“我希望这个地方令你满意。你真是个好人，从老远赶过来。”

正如她知道的，这一路花了半小时不到，但她，三夫人，是一个和蔼可亲的女人。而且“这个地方”是一个迷人的欧式咖啡馆，就在你的褐石屋的拐角附近（那还是你的褐石屋。）环境优美，我进去的时候心里想，这地方配得上这么一个优雅、漂亮的女人；这时候，我看见她坐在临窗的一张桌子旁——并没有像所有独自待着的人（甚至有一些还不是独自一人）那样在玩电子产品，而是注视着外面的街道。

她是那种知道围巾的50种戴法的女人，你曾经跟我们讲起她，首先说到的事情中这就是其中之一。

并不是说她看上去不像60岁的人儿，而是，她轻轻松松就让60岁的人儿显得依然魅力十足。我现在还记得，你一开始跟她好上的时候，我们大家有多吃惊，她是一个寡妇，年龄几乎和你一样大。当然，我们当时也想到二夫人以及其他比你年轻的；而且，考虑到你的德性，也只是时间问题，总有一天会有一个比你女儿还年轻的人。我们一致认为，肯定是你第二次婚姻中的一次次争斗较量——你过去常说，这一次婚姻让你老了10岁——让你投入到一个中年妇女的怀抱。

不过，即使我仰慕她——新剪新染的头发、那妆容、修剪精美的手指甲，我还知道，看不见的那双脚的趾甲也是精心修剪过的——我也无法抑制住某种想法，就和我在追思会上看到她时的想法一模一样；我意识到自己回忆起一个新闻故事，说的是一对夫妻，他们一家人外出度假时，他们的孩子失踪了。几天过去了，孩子还是没找到，也毫无线索，接着有怀疑落到这对父母的头上。他们被拍到从警察局出来，一对普普通通的夫妻，两个人的脸都不会给人留下什么印象。但是，萦绕在我心头的是那个女人涂着口红、戴着珠宝的事实：一根项链——我想，是一根盒式挂链——还有一对大大的环状耳环。在这种时刻，一个人居然会不嫌麻烦去化妆，去佩戴珠宝，这真让我惊愕。我原本指望她看上去会像个无家可归的人一样。

然而，此刻，又一次，在咖啡馆里，我想到：她是妻子，她发现了尸体。但是，在这儿，就像在追思会上一样，她做了各种努力不只是看上去能见人，不只是振作起来，而是她的最佳状态：脸，服装，每个指尖，头发根——全部一丝不苟地精心打扮过。

这不是批评，我感到，只是敬畏。

她是与众不同的：你的生活中交往的人当中，以这样或那样的方式与文学界或学术界没有关联的人没几个，而她是其中之一。她原本是曼哈顿一家公司的管理顾问，自从她商学院毕业后就一直在那儿工作。不过，嘿，她看的书比我多，你过去常常这样告诉大家，那样子令我们感到尴尬不安。从一开始，她就对我礼貌但疏远，虽然她自己和我还只能算是熟人，但很乐意把我当作你的一个老朋友来接受。到目前为止，这样子比二夫人疯狂的妒忌要好；二夫人命令你和我或你以前交往的任何女人不能再有任何来往。我们的友谊尤其令她抓狂；她称之为一种乱伦的关系。

为什么是“乱伦的”？我问。

你耸耸肩说，她的意思是我们俩太亲密了。

她从来不愿相信我们之间没有发生过性关系。

一次，我们在通电话，我说了什么事儿让你大笑起来。我电话里听到她在后面抱怨，说她正在看书。你没理她，继续大笑，她于是被激怒了。她顺手就将书扔到你的头上。

你说“不”。你会同意不那么频繁地和我见面，但拒绝彻底与我不来往。

有一段时间，你忍受对方的情绪失控，忍受砸得满天飞的物品，忍受对方的大喊大叫和哭哭啼啼，忍受邻居们的一次次抱怨。随后，你就说谎了。有几年时间，我们偷偷地见面，就好像我们真的是一对地下情人一样。真让人疯狂。她的敌意从未消退。如果我们在公共场合狭路相逢，她会对我怒目而视。甚至那天在追思会上，她也是对我怒目而视。她的女儿——你的女儿——那天不在场。我听到有人说她在巴西，在做一个研究项目，与某种濒临灭绝的鸟——我想可能是——有关。

你和自己唯一的孩子不睦，没有来往；她甚至比她妈还要无法宽恕私通。

她无法理解，你说过。她为我感到羞愧。

（什么让你认为她无法理解呢？）

不过，在二夫人的悼念文章里，没有流露出一点点怨恨之意。你是她生活中的光和爱，她曾这么说过，遇到你是她经历过的最好的事。而目前，有人说，她在写一本书，是关于她和你的婚姻。小说版。也许在书中我能知道你是否告诉过她，我们的确有过性关系。就一次。数年前。在她遇到你之前很久。

你自己几乎还没毕业，就开始教书了。我并不是唯一一个从你的学生变成你的朋友的人，就是在同一个班上，我们俩遇到了大夫人。你是系里最年轻的老师、系里的青年才俊和罗密欧。你认为，任何想把爱情从班级里驱逐出去的尝试都是徒劳的。一名伟大的老师就是一个诱惑者，你说过，不过，有时，他一定也是个令人心碎的人。我当时没有真正搞懂你在谈论什么，但这一点也没有影响我激动的情绪。我真正搞懂的是，我渴望获得知识，而你拥有将知识传授给我的力量。

那一学年结束后，我们的友谊还在继续，那年夏天——就在你开始追求大夫人的同一阶段——我们变得难舍难分了。一天，你说我们应该做爱，这吓了我一跳。鉴于你的名声，这并不应该出人意外。但是，这么长时间过去了，我已不再那么急切地等着你的生扑了。现在直截了当就提出来求欢，我不知该怎么想了。我愚蠢地问，为什么。这引起了你一阵大笑。因为，你说，一边抚摸我的头发，我们应该从对方身上找到为什么。我认为我们俩从来都没想到我会拒绝。那个时候，我所有的心愿——你可以称之为我生命中最热切的时刻——其中最强烈的一个就是将自己完全托付给某个人；某个男人。

后来，你宣称我们俩试图超越朋友这种关系是错误的，我听了感到羞愧难当。

有一阵子，我假装病了。更长的一段时期，我装着自己出门去外地了。然而，接下来我真的病了，我因此责怪你，我还诅咒你，我就没相信你能成为我的朋友。

然而，当我们最终再见面时，没有那种我担心的令人痛苦的尴尬，那种情绪——某种紧张，我以前从未充分意识到的心烦意乱——消失了。

当然，这正是你一直希望的。这时，就在你完成了对大夫人的征服之际，我们俩之间的友谊也得以加强。这段友谊比我的任何一段都长久。它会给我带来极度的快乐。而且我也觉得幸运：我痛苦过，但不像其他人，我从未心碎。（你没有心碎？一个心理治疗师曾这么刺激我。二夫人并不是唯一一个发现我们俩关系不正常的；那个心理治疗师也不是唯一一个想知道这么多年来我一直单身，这是不是一个因素的。）

大夫人。一场无疑是情真意切且情意绵绵的爱情。但就你那方而言，却不是一场忠贞的爱情。事情还没了结她就崩溃了。她和原来再也不一样了，这么说一点也不夸张。不过，话说回来，你也不同了。我记得，当她从医院出来随即就找个人嫁了，这让你痛不欲生。

当她再婚后，你发誓你决不再娶。接下来的十年间，你绯闻不断，大多是短暂的，不过也有几次差一点就和婚姻没什么区别了。我记得没有哪一次不是以劈腿而告终。

我不喜欢那种身后跟着一串哭哭啼啼的女人的男人，W. H. 奥登说过。她们会恨你的。

三夫人。我记得你告诉过我们，说她是块岩石。（我的岩石，你说。）九个孩子中的老大，她小的时候，母亲因病致残，父亲拼命努力打着两份工，这时，她就挑起了重担。关于她的第一次婚姻，我只知道她丈夫是在一次登山中发生意外而遇难的，还有就是，他们有一个孩子，是儿子。

这是我第一次和她单独在一起。因为我只知道她寡言少语，今天看到她非常健谈，让我很是惊讶，浓咖啡像酒一样让她打开了话匣子。她边说边来回摇头，慢慢地来来回回地摇着头——她是在试图对我施催眠术吗？她似乎惶恐不安，不过她的声音倒是温柔且镇定。

你不是她生活中遇见的第一个自杀的人，她说。

“我祖父饮弹身亡。事发时我还只是个小姑娘，因此我对他没什么记忆。但是，他的死是我童年时期非常重要的一部分。我父母从来不谈论这件事，但它一直存在，就像笼罩在家里的一片乌云、墙角的一只蜘蛛、床底下的小妖精。他是我的祖父，这件事已深深扎根在我心中，我绝不能问我父亲关于祖父的事情。我长大后的确终于让我母亲开口讲了一点点。她说他的自杀完全令人震惊。毫无征兆，而且认识他的人没人能想出他做这么一件事的任何一个理由。他从未表现出任何沮丧的迹象,更不用说有自杀倾向了。某种程度上，这个谜让我父亲感觉更糟；很长一段时间，他都坚持认为肯定是谋杀。我母亲说，他似乎对他父亲更生气的不是他自杀，而是他不作任何解释。显然，他希望知道自杀的理由。”

另一方面，你一直受抑郁的折磨。她说，不过一直没有像去年那六个月那么糟，那时候你早上简直无法起床，一个字也写不出来。不过，奇怪的是，你居然扛过了那场危机，而且，从夏天开始，至少，精神一直很好。她说，首先，很长的一段枯竭期结束了，在动笔开头屡遭失败后，你终于开始写一些让你兴奋的东西了。你每天上午都伏案创作，大多数时间，你每天会告知你的创作进展顺利。你同时也大量阅读，这是你每次在写小说时通常的做法。而且，你也恢复了活力。

她解释说，去年让你沮丧的一件事是，你在搬几个盒子时伤了背，连着几个星期都不能动弹。甚至连走路都会痛。而且你记得他的口头禅，她说：如果我不能散步，我就不能写作。不过那伤最后好了，于是你又恢复在公园里长距离散步和跑步的习惯。

“他也恢复了社交，跟所有他情绪消沉时避而不见的人拼命交往。你还知道他有一条狗？”

事实上，你曾给我发邮件说过这条狗，是有一天大清早你出去跑步时发现的。它站在一个高坡上，天空衬映着它的轮廓：这是你见过的最大的一条狗。是一条丑角大丹犬。没有颈圈，也没有狗牌，这让你觉得，虽然它是条纯种狗，但可能被人遗弃了。你尽力去寻找它的主人，但未果，于是你决定收养它。你妻子对此感到惊骇万分。首先，她不是一个爱狗的人，你说，加上迪诺又是条巨型犬。肩高34英寸。体重180磅。附件粘贴了一张照片：你们俩，脸贴脸紧挨着，乍看上去，那个巨大的狗头像是小马的头。

后来，你决定不用迪诺这个名字。他太高贵，这个名字配不上他，你说。我觉得钱斯这个名字怎么样？昌西呢？

迭戈？沃森？罗尔夫？阿洛？阿尔菲？这些名字我听上去都不错。最后，你叫他阿波罗。

三夫人问我是不是认识你的一个朋友，他在你自杀前几个月自杀身亡的。

我们从没见过面，我说。虽然你曾跟我谈起过他。

“嗯，那个可怜的人儿身体很糟糕。他有肺气肿、癌症、心绞痛和糖尿病——他的生活质量老实说真的很差。”

反过来说，你呢，健康状况一流。据你的医生说，你的心脏和肌肉张力都像是一个年轻很多的人。

稍事停顿，随着一声几乎听不见的叹息声，她转头看着窗外，眼睛扫视着街道，仿佛她在寻找的答案肯定会出现一样；就是来得迟了点。

“我的意思是，虽然他可能经历了人生的起起伏伏，而且跟我们这些人相比，更不喜欢变老的感觉，但他真的好像正处在事业旺盛期啊。”

我一言未发——我该说什么呢？——于是她继续说：“我认为他不教书是错误的。不只是因为这是他热爱的一件事，而且因为教书赋予他的生活一种结构；我知道这种结构对他有好处。虽然我也知道，他教起书来没有以前那么快乐了。事实上，他一直在抱怨。教书变得太令人气馁了，尤其对作家而言。”

我的手机响了一下。是一条无关紧要的信息，但是我有些许焦虑地注意到了时间。并不是我还要去什么地方，我今天没有其他安排。但是，已经过去半小时了，我们的咖啡杯也空了，我依然不知道我到这儿来是干什么的。我一直等着她开口说出一个具体的话题，微妙地开始叙述的话题，而我则会觉得更难以讨论，因为我不知道她的看法或者甚至不知道她了解多少。我能替你想到几个合理的瞒着她的理由，比如，不让她知道那帮抱怨被叫作“亲爱的”的学生。

我原以为那些学生把事情处理得很完美。他们给你寄信，只寄给你一个人。

你也许认为这很迷人，他们写道。其实是有失身份。不合适。你应该停止。

你停止了，不过并非没有愠怒。一个完全无害的习惯，你一直保持这个习惯——有多少年了？自从你开始教书就有了吧。那时候，没有一个人吭声。而现在每个人——班上的每一个女人（一如大多数写作班一样，这个班大多数也是女人）——都在信上签了名。当然，你觉得他们联合起来对付你了。

多么不足挂齿的事呀，难道我不这么认为吗？难道我没看出整件事情有多荒唐和不足挂齿吗？但愿他们能够凭他们的自说自话把这事儿闹大！

这是我们之间很少几次争吵中的一次。

我：只是因为从来没有人说过什么并不意味着没人反对。

你：嗯，如果他们什么也不说，他们就不反对，不是吗？

很愚蠢地（我承认这是无心的），我提起了那位著名的诗人，他多年前也在这同一个项目里任教，当他挑选通过竞争到他班上的学生时，他要求女生必须本人接受面试，这样他就能根据她们的容貌来选择。还居然得逞了。

我原来以为你头都会气炸了。谈论这些不公平的对比！我怎么敢暗示你做过那样的事啊。

对不起。

但是，你已做过的事，这么多年来，就是和学生以及以前的学生绯闻不断。

你从未看到其中有什么不对。（如果我认为这件事不对，我就不会做了。）除此之外，也没有规定禁止这样。本来就应该这样，你说。教室是世界上最色情的地方。否认这一点就是幼稚。读一读乔治·斯坦纳的作品。读一读《大师与门徒》。我读了乔治·斯坦纳的作品；斯坦纳曾是你自己的一个老师，受崇敬的，被爱戴的。我读了《大师与门徒》，我还引用：色情，无论隐秘的还是公开宣布的，幻想的还是付诸行动的，都与教学交织在一起……这一基本事实已经被对性骚扰的关注冲淡了。

没说出来的话是：我是个伪君子。我们俩都知道，当你叫我“亲爱的”时，我通常激动得发抖。

还有，允许你指出：在很多情况下，都是学生在引诱你。

但是，我记得有一个女人，很早以前了，是个外国学生，她拒绝了你的追求，而且随后又指责你惩罚她，说她本应得A而你却给了她A–。结果是，这个学生总是习惯性地质疑老师给的分数；学校专家委员会对此投诉经过调查后认定，A–这个判分，如果说有什么不恰当，那就是慷慨得令人生疑。还有：虽然师生间的恋爱关系没有官方明文禁止，但你的行为表现不得体，缺乏良好的道德判断，不能为人容忍。

一个警告。但你没有理会。还居然得逞了。

你花了几年时间来改变。意思是，历经岁月。

你刚到50岁。你体重增加了20磅，这你会减掉的，但不是一天两天就成。你到酒吧时差不多已经醉了，接着喝到酩酊大醉，把憋在心里的话全部说了出来。我当时希望你闭嘴。我讨厌你谈论女人。这不是嫉妒，不再是了，而且，我发誓，在这方面，我已与你好长时间相安无事了。我恨的是自己会为你感到尴尬。你知道我什么也不能做，但是，你却非要把伤疤揭给我看。即使需要不得体的暴露。

她19岁半——即使“半”意味着一些含义，但依然够年轻的。她不爱你，这你能忍受（说实话，你甚至更愿意是这样）。你不能忍受的是她不想要你。有时，她假装有欲望，不过从未全心全意地投入。大多数时候，她甚至懒到装都不装了。事实是，她根本不在意性。她跟你在一起就不是为了性。性是她不在意的事情，这一点你完全心知肚明，这方面的需求她从别处满足。

到这时候为止，这件事已成了一种模式：愿意和你发生性关系的年轻女人，不与你共享任何欲望；而正是这欲望把你吸引到她们身边。驱使她们这么做的则是自恋，是让一个位高权重的老男人跪倒在自己的石榴裙下后得到的狂喜。

19岁半把你的心拴住了。拽、拽，走这边——不，走那边，教授。

你过去喜欢说（我认为是引用的别人的话）年轻女人是世界上最强有力的人。我对此不了解，但是我们全都了解此处指的强有力是哪一种力量。

滥交一直是你的第二本性（你父亲在你之前，似乎也是这样）。考虑到你的长相、你的语言天赋、你一口标准的BBC口音以及自信的风度，要吸引让你感兴趣的女人，一点问题也没有。

你浪漫生活强烈的程度对你的工作不仅仅有益而且还必需，你说过。巴尔扎克在一夜激情后悲叹他损失了一本书，福楼拜坚持认为性高潮让男人创造性灵感枯竭——选择将工作置于生活之上意味着男人必须尽可能地节制性生活——这些故事很有趣，不过，实际上，很愚蠢。如果这些担心是有根据的，那么，僧侣就会是世上最富创造性的人了，你说。而且，毕竟，很多大作家也都是大色鬼，或者至少，他们性欲强烈是为人所知的。海明威说过你为两个人写作，你说。首先为你自己，然后是为你爱的那个女人。你自己在频繁体验颠鸾倒凤飘飘欲仙的那些阶段，写出的东西是最好的，你说。对你来说，一段新的恋情往往与多产的一个阶段同时发生。这曾经是你劈腿的一个借口。我思路不顺而且我有最后期限，你有一次对我说。甚至都不是半开玩笑啊。

你的好色给你的生活带来的一切麻烦是完全值得的，你说。当然，你从未认真地考虑过要改变。

改变必须到来——而且也根本轮不到你在这个问题上有任何发言权——是一件你看上去没有太担心的事情。

一天，在一家酒店的卫生间里，你真是虎躯一震啊。一面全身穿衣镜就置于淋浴间门的正对面。对一个中年男子而言没有什么太可怕的。但是，在梳妆台灯光的照射下，真相是不容否认的。

这不是一具能让女人兴奋的身体。

当一种力量被剥夺，就再也无法恢复。

你说，那感觉就像是一种阉割。

可是，那就是岁月啊，难道不是吗？慢动作的阉割。（我这儿是不是在引用你说过的话？我是不是从你的一本书里看来的？）

追求女人是你生活中很重要的一部分，你简直无法想象如果缺少这个部分你的生活会是什么样子。少了这部分你会是谁？

另外一个人。

什么人也不是。

并不是说你准备放弃了。首先，总会有妓女。而且，和学生上床这种事决不会就此完结。毕竟,你并不是不清楚，对年轻人而言，即使30岁的男人也开始走下坡路了。

但是，到这个时候，你才不得不满足于那种对方任你摆布的交媾——完全任你摆布——毫无欲望。

另一面镜子：J. M. 库切的《耻》。你——我们——最喜爱的书之一，作者也是我们最喜爱的之一。

戴维·卢里：同样的年纪，同样的工作，同样的癖性，同样的危机。小说开始的时候，他把他看到的描述成老男人逃脱不了的命运：成为那种厕所里的妓女对之感到惊恐的对象，就像是一个人在午夜时分对浴缸里的一只蟑螂感到惊恐一样。

此刻，在酒吧，醉醺醺地、伤感地，你告诉我你是怎样去吻你的宝贝而她却胆怯地躲开你。我脖子抽筋了,她说。

那你为什么不中断和她的交往呢，我说——机械地，完全清楚你不可能让你自己免受更大的羞辱。

戴维·卢里对自己每况愈下的状态惊恐不已——不再

性感迷人但欲念仍然蠢蠢欲动——他发现自己在考虑实施阉割，一种可能性是找个医生来做，或甚至，借助教科书的指导，自己搞定。因为，那是不是真的比一个脏老头滑稽可笑的举止更令人感到恶心呢？

然而，他却强行对他的一个学生下了手，这无异于埋下一颗定时炸弹，不知什么时候就会让他身败名裂。

这是一本你读来感同身受的书。

不过，你比卢里教授幸运。你从未尝到耻辱的感觉。尴尬，往往。有时是羞愧。但是从未有真正的、无法挽回的耻辱感。

大夫人有一套理论。有两种好色之徒，她说。有一种是爱女人，还有一种是恨女人。你是第一种，她说。她相信女人往往更宽容、更理解别人，甚至会保护你这种人。受了委屈也不大可能想去报复。

当然，如果男人是一名艺术家，那就会有帮助，她说。或者有着其他高尚的职业。

或者是某种逍遥法外者，这是我的想法。尤其是那种。

问：是什么让一个好色之徒成为这一种或那一种？

答：他母亲，当然。

不过，你曾预测：如果我继续教书，迟早我会倒霉的。

我也有同样的担心。你是我知道的卢里式的朋友之一：鲁莽、性欲旺盛的男人，在事业、生活和婚姻——所有的事情上——都会冒险。（至于原因，关键在于他们是什么样的人，对此我能想出的唯一的解释是：因为男人就是如此。）

所有这一切三夫人知道多少？她又有多在乎呢？

我不知道，也不想去搞明白。

仿佛我已说出了我的想法，她说："让我告诉你我为什么想和你谈谈。"听了这话，不知什么原因，我的心开始怦怦直跳。"是关于那条狗。"

"那条狗？"

"对。我想问你是不是愿意收养他。"

"收养他？"

"给他一个家。"

这可是我最没想到她要说的一件事哦。我松了一口气，同时又感到恼火。我不能接受，我对她说。我住的公寓楼不允许养狗。

她狐疑地扫了我一眼，然后问我以前有没有跟你讲过。

我不知道，我说。我不记得了。

稍作停顿后，她问我是不是知道你是怎么得到这条狗的。出于某种原因，我摇了摇头。我让她把我已经知道的故事又讲了一遍。当你决定要养这条狗的时候，你和她大闹了一场。一只漂亮的动物——就这样被遗弃了，她怎么能不为这可怜的东西感到难过呢？可是她不喜欢狗，她从未养过，而且这条狗——他不是一条坏狗，事实上，他是条非常优秀的狗，但他太占地方。她告诉过你她拒绝为这事分担任何责任——比如，当你必须去外地的时候。

“我求他找别的人来收养他，这个时候就提到了你的名字。”

“真的吗？”

“真的。”

“但他从未跟我提过这事呀。”

“那是因为他真的想自己养这条狗。而且最后他令我不胜厌烦。但是你的名字被他提了几次。她一个人生活，她没有伴侣也没有孩子或宠物，她大多数时间都在家工作，而且，她喜爱动物——这些都是他说的。”

“他说了吗？”

“我不会编故事的。”

“哦，我不是这个意思——我只是觉得惊讶。就像我说的，他从未跟我提起过这事，而且我甚至从未见过那条狗。我喜爱动物，这是真的，但我从来没养过狗。就养过猫，我这人爱猫。但不管怎样，我都不能收养他。我的租房合同里注明的。”

“你已经这么说过了，”她的声音里有一丝颤抖，“好吧。我不知道我应该做什么。”她的肩膀塌了下去。她已经历了很多事。

肯定有很多人会想要一条漂亮的纯种狗的，我说。

“你这么认为吗？如果他是一条小狗的话，也许有人会要。但是，你知道，大多数想养狗的人已经有一条了哎。”

她家就没有人能收养他吗，我问。一个似乎激怒了她的问题。

“我儿子儿媳刚生了孩子。他们不可能在家里养一条巨型的陌生的狗。”

至于她的继女：不可能。“她那么多时间都待在野外，她甚至连个固定的地址都没有。”

“我肯定一定有人愿意的，”我说，“让我来问问周围的人。”但事实上我并不抱希望。她是对的：那些想养狗的已经有了一条。我能想到的所有的家里没养狗的人至少有一只猫了。

“你确定不能养他吗？”我问，剩下的话我没说：显而易见会发生什么事情啊；我的观点非常强烈。

“我已经考虑过了，”她说，在我听来，并不令人信服，“首先，这事不会一直这样下去。大丹犬的寿命很短，也许六到八年，而且，据兽医说，阿波罗已经五岁左右了。但事实是，我从来没有想要养他，而且我尤其现在不想养他。如果我最终不得不收养他，我知道我会恨他。而且我也不想忍受那样的生活。要一直怀着那种感觉，把我对某人本已复杂的感情更加复杂化。”她的意思是对你，但没说出来。“那就太过分了。”

我点点头表明我能理解。

“而且，我一直在计划不久后就退休，”她说，“现在我一个人了，我想我就会多出去旅行。我不想被一条狗拴住，我从一开始就不愿意。”

我又一次点点头。我真的能理解。

有人曾建议她去了解一下狗收容所，但她联系的每一家都有一长串的排队等候名单。而且，她把你的爱犬送给一个陌生人，或把他送到收留所，一想到你对她这么做的感觉，她就痛苦不堪。“但是我迫不得已啊。剩下的时间他不可能一直待在狗舍吧。除此之外，养着他也是一大笔开销啊。”

“你把他关在狗舍里?”

“我把他关在狗舍里。”她说。我的语气激怒了她，她气势汹汹地说:“因为我不知道除此之外还能怎么办。你不能跟一条狗解释什么是死亡吧。他无法理解老爹永远也不会回家了这一事实。他日夜守候在门口。有一阵子他甚至不肯吃东西，我都担心他会饿死了。但是，最糟糕的事情是，过不了多一会儿，他就发出这种声音，这种狂吠，或哀号，或不管什么类似的声音。声音并不响，但很奇怪，像是鬼或其他怪异的东西发出的叫声。这种状态一直持续。我通常会给他喂一些吃的试图分散他的注意力，但是他就会把头扭开。有一次，他甚至朝我狂叫。他有时深更半夜也这样。就会把我吵醒,然后我就无法再睡着。我就躺在那儿听他叫，最后我觉得我快疯了。每一次我缓过来振作起来，就会看到他在门口等着，或者又要发作开始哭丧，于是我就再次崩溃。我不得不把他弄出这个家。既然他已经走了，再把他弄回来太残酷了。我无法想象在那个家里他能再快乐起来。”

我想到了忠犬八公的故事；八公过去每天都会到东京的涩谷车站去迎一趟火车；他的主人每天都乘这趟车下班

回家——直到一天，他的主人突然离世，因而八公痴等无果。然而接下来的第二天，然后是每天，几乎十年间，这只忠犬都在惯常的时间出现在车站去迎那一趟火车。

没有人能向八公解释死亡。人们只能让他成为一个传奇，立了座雕像来纪念他，如今仍然在赞颂他，虽然几乎一百年过去了。

不可思议的是，八公并不是最高纪录的保持者。菲多，来自意大利佛罗伦萨附近一个小镇的一条狗，在他的主人死后（死于二战时期的空袭）依然天天在主人原来下班回家下车的那个公交车站等他，整整等了14年。在八公之前，还有义犬博比，一条斯凯犬，他生命中的最后14年每个夜晚都是在他的主人的坟墓旁度过的；他的主人1858年在苏格兰的爱丁堡去世。

有趣的是，人们总是把这样的行为视作极端忠诚而非极端愚蠢或其他某种心理缺陷的例子。我自己对来自中国的关于一条狗的报道就表示怀疑；报道称那条狗因为丧亲之痛跳河自杀。不过，像这样的故事是我一直更愿养猫的一个主要原因。

“你就先养他一阵子怎么样？即使这样也能帮个大忙。

如果这条狗只是暂住，房东不可能反对的。”

不只是房东，我解释道。我的公寓房很小。像那样大的狗都没转身的空间。

“哦，可是他只是一条看门狗。当然，他需要活动，但远远没有其他品种的狗那么好动。即使不拴狗绳，他也不会从你身边跑开很远。而且，你会看到，他非常温顺。他听得懂所有的指令。在他不该叫的时候他不会叫的。他不会毁坏东西。他不会出现意外。他知道不能上床。”

“我肯定这都是真的，但是——”

“几个月前他才体检过。他身体健康，只是有点儿关节炎；这种情况在他这个年龄的大型犬身上是很常见的。不用说，他该打的疫苗都打过了。哦，我知道这个要求太过分了，但是我真的想把那可怜的东西从那该死的狗舍放出来！如果我把他带回家，我发誓，他会一直等在门口等到他死的。而他应该有比这更好的生活，难道你不这么认为吗？”

是的，我这么认为，我的心碎了。

你无法解释死亡。

而且爱配得上更好的回报。

第二章

大多数时候他对我不理不睬。他还不如自己一个人住在这儿呢。他偶尔也和我对视一下,但随即就又将目光移开。他那双淡褐色的大眼睛非常像人的眼睛；它们让我想起你的眼睛。我记得有一次，我不得不去外地，就把我养的猫留给一个男朋友照看。他不是一个爱猫人士，不过后来他对我说，他非常喜欢养着她，因为，他说，我想你的时候，有了她就仿佛有了你的一部分在这儿。

有了你的狗就仿佛有了你的一部分在这儿。

他的神情没有改变。我想象，义犬博比躺在主人坟墓边上时,就是这种神情。我还没见过他摇尾巴。(他没有断尾，但剪耳了——悲催的是，两只耳朵剪得不一样齐，一只耳朵比另一只要小一点。他也已阉割过了。)

他知道不能上床。

如果他爬到家具上，三夫人说，你只需说下来。

自从他搬进来和我住，他大多数时候都待在床上。

第一天，在公寓里嗅了一圈后——不过是一副没精打采的样子，并不真正对什么感兴趣或感到好奇——他爬上床，瘫成一堆倒在那儿。

我把下来咽了下去。

我一直等到睡觉的时间。此前，他吃了一碗粗磨狗粮，同意出去遛了一圈，但似乎又不关心或甚至不注意外面发生的事情了。甚至看到另一条狗也不能唤起他的注意力。（相反，他自己却从未失去吸引力。这都已经习惯了，成为众人关注的对象的感觉，不停地有相机对着他拍照，经常有人询问：他有多重啊？他吃多少啊？你有没有试过骑在他身上啊？）

他低垂着头走着，像是一头负重的野兽。

一回到家，他径直去了卧室，然后一头扑到床上。

我满脑子想到的是：悲痛欲绝。因为我确信他已经明白事情真相。他比其他狗聪明。他知道你永远离开了。他知道他永远也不会回到褐石屋了。

有时他面对着墙，直挺挺地躺着。

一星期后，我觉得自己更像是他的监狱看守而不是看护人。

第一夜，听到喊他的名字，他抬起头，朝一边扭过头来，侧着眼睛看我。当我向床走过去时，把他赶下床取代他的位置的意图无疑很明显，简直令人匪夷所思的是：他狂吠起来。

我居然对此并不害怕，对这个事实，大家都表示惊讶。难道我就没想过，下一次他会做出比狂吠更可怕的事吗？

没有。我从未想过。

不过，我倒真的想到过一个老笑话的新版本：一只重500磅的大猩猩睡在哪里啊？

我告诉三夫人说我从来没养过狗，其实事实并非完全如此。我不止一次和养狗的主人合住过。其中有一次，那狗是一条杂种狗，一半大丹血统、一半德牧血统。所以，我对狗，对大型狗，或者对这个品种的狗，并不是完全陌生。当然，我意识到了这个物种对我们人类这个物种的激情，即使他们不全都像忠犬八公和他那个种类的犬一样。谁不知道狗是忠诚的象征呢？但是，就是这种对人类的忠诚，因为是出于本能，所以，即使是不配得到它的人也能轻松获得，这让我更愿意养猫。我宁可养一个离开我也一切照常的宠物。

一点没错，我曾告诉三夫人我的公寓的大小：只有500平方英尺。两个几乎一样大小的房间、一个小厨房、一个卫生间；卫生间狭小无比，阿波罗进去和退出来都像是进出小隔间一样。我在卧室的衣帽间里放了一张充气床垫，那是几年前我姐姐来我这儿做客时我买的。

我醒来时正值午夜时分。百叶窗开着，月亮高高地挂在天上，借着泻进来的月光，我能看出他那双又大又亮的眼睛和湿润的黑布林般的鼻子。我仰面静静地躺着，他呼出的气息浓郁、刺鼻。就这样好像过了好长时间。每过几秒钟，从他的舌头上滴下的一滴口水就溅到我的脸上。最后，他把一只大爪子，有男人的拳头那么大，放到了我的胸口上，就一直这么放着：真重啊（想想城堡的门环）。

我不说话，我也不动或伸出手去抚摸他。他一定能感受到我的心跳。我有一个恐怖的想法，即，他可能会把他身体的整个重量都压在我身上，我此时想起了一则新闻，说的是一头骆驼对它的主人又咬又踢，还坐在他的身上，就这样弄死了它的主人；接下来救援人员不得不用一根绳子绑在一辆皮卡上，把这头野兽从它主人身上拉下来。

终于，那爪子抬了起来。接着，那鼻子，伸到了我脖颈处。

弄得我痒死了，但我控制住自己。他在我的头和脖子四周嗅来嗅去，然后把我身体一圈嗅了个遍，有时还使劲顶我，就好像要在我身体下面找什么东西。最后,猛打了一个喷嚏后，他回到床上，然后我俩继续睡觉。

这样的事每晚都发生：有那么几分钟时间，我成了一个极具魅力的对象。可是到了白天，他沉浸在自己的世界里，而且他大多数时候对我不理不睬。这是怎么回事呢？我想起了我曾经养过的一只猫，她从不让我搂抱她，也不让我把她抱在我腿上；但是到了晚上，我一睡着，她就会爬到我的髋部，在那儿睡觉。

这也是真的：我住的这个大楼禁止养狗。我记得我签订租房契约的时候根本没考虑这一点。我搬进来的时候带着两只猫；养一条小狗是我最不会考虑的事情。房东住在佛罗里达，我从来没见过他。公寓管理员住在隔壁一栋楼里，那栋楼和我们这栋是同一个房东。赫克托是墨西哥人。后来才知道，我带阿波罗回家那天，他正在墨西哥，参加他弟弟的婚礼。他回来的当天，我正要出去遛狗，他碰上我们了。我赶紧解释：狗的主人突然去世，除了我没有别的人能照顾他的狗；狗只是暂时待在这儿。这一解释对我而言似乎比我冒着失去曼哈顿一套租金稳定的公寓的风险去做点什么要合理得多；30多年来，即使在我有几次——比如说，因为一份教书的工作——不生活在这个城里的时候，我都尽力保留着这套公寓。

你不能把那动物养在这儿，赫克托说。哪怕是暂时的也不行。

一个朋友曾告诉过我一条法律：如果一个房客在公寓里养狗养了三个月的时间，而在此期间，房东未采取行动来驱逐房客，那么，这个房客就可以养着这条狗，而且不能因为养狗而被赶走。这个在我听来半信半疑。但是，事实上，这条法律针对的是纽约城的公寓里的狗。

规定：狗的存在必须是公开的而非偷偷摸摸的。

不用说，不可能偷偷摸摸地养着这条狗。我一天要遛他好几次。他已然成了小区里的奇观。到目前为止，没有一个住在这栋楼里的人投诉过，虽然很多人第一次看到他时吓了一跳，有一些人甚至还吓得直往后退；在一个女人拒绝和我们一起挤进那狭小的电梯后，我就决定我们每次都走楼梯。（笨拙地从五层楼下来，他的样子滑稽可笑，这是他唯一看上去不优雅的时刻。）

如果他会叫，肯定就会有很多投诉。但是他出奇地——令人不安地——安静。起先，我对三夫人告诉我他会狂吠的事感到担心，但是，我至今还没听到过。我在想，是不是因为他把狂吠和被关进狗舍联系在一起了。这可能有点儿牵强，不过，他不再狂吠，我相信一个原因是，他已经不再抱任何希望能够再见到你。

你不能把那动物养在这儿。（总是说*那动物*；有时候我就纳闷了，他知不知道这是一条狗啊。）我必须报告了。

三夫人告诉我，阿波罗受过训练不会上床，我认为她这么说的时候并不是在撒谎。她只是作了假设，认为他无需改变任何习性就能够适应彻底改变了的四周环境。当结果显示完全不对时，我一点也不感到惊讶。

我知道有一只猫，猫主人的儿子变得对猫皮屑过敏时，她不得不把猫送走。这只猫转了一家又一家（我家是其中之一）才终于找到一个永久的家。换了两三家它都一切正常，但是再多换一家，它就和原来不一样了。真的是一团糟——糟到没人愿意和它一起生活，于是原来的主人不得不让人了结了它的性命。

他们不自杀。他们不哭泣。但是他们可能而且真的会崩溃。他们可能而且真的会心碎。他们可能而且真的会丧魂失魄。

一天晚上，我回到家发现我的办公椅侧翻在一边，原来摆放在办公桌上的东西大多四处散落着。他把整个一堆文稿都啃了个遍。（我会诚实地告诉我的学生，那条狗把你们的家庭作业吃了。）下课后我和另一个老师出去喝了几杯，我们磨磨蹭蹭多待了一会儿。我出门五个小时左右，这是我把他独自留在家中最久的一次。沙发靠枕内胆的海绵撒了一地。我放在茶几上的那本厚厚的克瑙斯加德平装本书已成碎片。

你所要做的就是在网上与大丹犬群联系，有人告诉我说，然后你就会找到某个人来接受他。不过，如果你被赶出去，你就不可能再找到你付得起房租的公寓，在这个城市里是找不到了。你带着那么一个室友在任何地方找住处都可能有麻烦的。

我不停地幻想着《灵犬莱西》或《任丁丁历险记》[1]当中的一些情节。阿波罗阻止企图入室的窃贼。阿波罗冒着熊熊火焰勇敢地救出被困的房客。阿波罗把公寓管理员的小女儿从想要非礼她的人手里救了出来。

你什么时候把那个动物处理走啊。他不能待在这儿。我要报告啦。

赫克托不是个坏人，但他没什么耐心。而且他没有必要说：他会丢了他的工作。

对我的处境深为同情的那个朋友向我保证说，纽约的房东要花很长一段时间才能赶走一个房客。你不可能一夜之间就被赶出去流落街头，他说。

有这么一种人，看到这儿时，很焦急地想知道：这狗的身上是不是发生什么倒霉的事情了？

---

1 任丁丁是第一次世界大战中被美国空军救下的一只牧羊犬，后成为好莱坞动物明星。

谷歌一下显示：大丹犬被誉为犬类中的阿波罗。我不十分肯定你是不是因此选了这个名字，或者只是个巧合，但是，某种程度上你也许知道这个事实，也许我也是以同样的方式知道的。后来，我还会知道，阿波罗作为狗或其他宠物的名字并不是一个不常见的选择。

其他事实：人们并不清楚该品种确切的起源，只是认为与该品种关系最近的是獒。大丹犬，它其实和丹麦没有任何关系，似乎是被18世纪一位名叫布丰的法国博物学家误传了。在说英语的国家，这个名字被沿用了下来，而在与该品种关系很近的德国，它被称为Deutsche Dogge，或者说德国獒。

奥托·冯·俾斯麦[1]喜爱这种獒；红色男爵冯·里希特霍芬[2]常常把他的德国獒带上他的两座飞机。一开始是为了狩猎野猪而饲养，后来则是用作警卫犬。然而，虽然有着体重可以达到200磅以上、后腿站立时身高超过7英尺的体型，它却并不是以凶猛或攻击性，而是以温和、镇静和情感脆弱

1 Otto von Bismarck（1815—1898），德意志帝国首任宰相（1871—1890），人称“铁血宰相”、“德国的建筑师”及“德国的领航员”。

2 Manfred von Richthofen（1892—1918），德国飞行员。他是战斗机联队指挥官和第一次世界大战期间击落敌机最多的王牌飞行员，共击落80架敌机。

而著称。（另外一个更亲切的绰号是“温柔的巨人”。）

所有犬类中的阿波罗。以众神中最具希腊性的神命名。

我喜欢这名字。但是，即使我讨厌这名字，我也不会改了它。虽然我知道当我叫这个名字时他做出反应——如果他有反应的话——也更像是对我的语音语调而非对这个名字本身有所反应。

有时，我很想知道——这很荒谬——他的“真名”是什么。事实上，他一生中可能有过几个名字。那么，狗的名字中究竟有什么含义呢？如果我们从未给宠物起过名字，那么名字对它们而言就毫无意义，但对我们来说就会留下一个漏洞。她没有名字，有人这么说一只收养的流浪猫，我们就叫她猫咪。一个名字，仅此而已。

远在T. S. 艾略特对此表达自己的观点之前，塞缪尔·巴特勒就说过，对想象力最严苛的检验就是给猫起名字；我喜欢这说法。

还有你自己“英雄联盟”[1]激励式思维：如果我们给所有

1 LOL（League of Legends），是由美国拳头游戏（Riot Games）开发的英雄对战竞技网游。游戏里拥有数百个个性英雄，并拥有排位系统、符文系统等特色系统。

的猫都起名为“密码”，岂不是更简单些吗?

我知道有一些人强烈反对给宠物起名字。他们和那些不喜欢把动物称为宠物的人是一样的。他们也不太喜欢拥有者这一说法；而主人这一称谓则令他们勃然大怒。令这些人恼怒的是主宰权的概念：自亚当以来，人类就把对动物的主宰视为上帝赋予的权利，而且，在他们眼里，这一直不亚于奴役。

我说过相对养狗而言我更愿意养猫，我的意思并不是说我更喜欢猫。这两种动物我一样喜欢。但是，除了对犬类的忠诚感到不安外，像很多人一样，主宰一种动物的想法令我退缩。而且，不可回避的事实是，即使你发现把狗的拥有者叫做奴隶主是荒唐的，像其他家养的动物一样，狗已经被驯养得为人所支配、为人所用、做人要它们做的事情了。

而猫则不然。

人人都知道亚当对上帝新创造出来的泥土做成的动物做的第一件事——他主宰它们的第一个迹象——就是给每一种动物取一个名称。有人说，直到亚当赋予这些动物不同的名称，它们才存在。

厄休拉·勒古恩[1]写过一个故事，里面有一个女人，虽然并不叫夏娃，但毫无疑问她就是亚当的伴侣；她努力地推翻亚当的所作所为：她劝说所有的动物舍弃已经给他们的名称。（猫儿们首先声明他们从来没有接受过。）一旦所有的动物没有了名称，她就能感觉到区别：一堵墙倒塌了，她和动物之间的距离缩短了，一种同动物间和谐与平等的新感觉出现了。没有什么名称将他们区分开，不再分什么猎人和猎物，也不分什么食客与食物。接下来不可避免的一步就是，夏娃要把亚当父子给她起的名字还回去、离开亚当，然后加入到其他人的队列中，他们就是接受了自己的无名状态才把自己从被人主宰的境况中解放出来的。不过，这一行为还需要夏娃独自额外放弃一样东西，就是她与亚当互通共用的语言。但她说，那个时候，她当初这么做的一个原因是，交谈对他们而言已徒劳无用。

---

1 Ursula K. Le Guin（1929—2018），美国科幻、奇幻与女性主义儿童文学作家。著有奇幻作品《地海传说》和科幻小说《一无所有》。她与人合译老子的《道德经》，并深受老子与人类学影响，作品常蕴含道家思想，写作手法流露出民族志风格。曾获6次雨果奖、6次星云奖、21次轨迹奖、美国国家图书奖、世界奇幻奖、卡夫卡奖、号角书奖、纽伯瑞奖，获得美国科幻奇幻作家协会“大师”称号，有作家与艺术家中的“在世传奇”和“奇幻小说三巨头”之一的美誉。

三夫人说兽医说过他肯定早期接受过服从训练。从他的行为判断，他以前既和人交往过，也和其他狗交往过。没有受到严重虐待的迹象。另一方面，那两只耳朵：交给了某个刽子手，他不仅让两只耳朵大小不均，而且两只都剪得奇短无比。他那颗巨大的脑袋上竖着两只尖尖的小耳朵，这让他看上去不够霸气，也比原先显得卑劣；这对耳朵只是使他丧失成为模特儿狗资格的因素之一。

谁能说清楚，他怎么会在公园里，身上干干净净，长得肥肥胖胖，不戴颈圈也没有狗牌？兽医说，这样的一条狗，如果没有发生什么极不寻常的事情，是不会从他的主人身边跑开的。然而，不仅没有人来认领，甚至没有人说以前曾见过他。这意味着他有可能来自某个更遥远的地方。偷来的？也许。似乎没有他存在的记录，但兽医对此几乎一点也不觉得奇怪。有很多狗的主人不愿劳神去申请养狗许可证，而且，如果是纯种狗，还要向美国养狗协会登记注册。

也许，狗的主人失业了，因此再也买不起狗粮、付不起兽医的账单了。很难相信，一个一直养着他的人最后会将他遗弃，由着他自生自灭。但是，这种事情发生的概率比你想象的要大，兽医说。或者说，他确实被盗了，而主人在得知他被找到后又有了其他想法。没了他生活会轻松一些，现在就让别人去照顾他吧！再说了，兽医以前也见过这种事。（我也见过：几年前，我姐姐、姐夫在乡下买了第二套房子。卖家要搬到佛罗里达去，他家有一条很老的杂种狗。这狗从小就是他家的一个家庭成员，家里人都这么介绍。当我姐姐、姐夫搬进去的时候，他们遇到了那条狗，孤零零地被丢在那空荡荡的房子里。）

也许阿波罗的主人死了，而且，后来无论落入谁的手中，都遭到了抛弃。

最有可能的是，我们将永远不清楚他从哪来。但是，你是这么说的。你抬起头来看到他的那一瞬间，在夏日苍穹的映衬下，他是那么的霸气——那一瞬间真的令人震颤、不可思议，你几乎可以相信他是被施了魔法出现在那里的。被女巫施了魔法，就像安徒生童话里的一条大狗一样。

第三章

与其写你知道的东西，你对我们说过，不如写你看到的东西。假如你知之甚少，那么只有当你学会如何去看到，你才能知道很多。用笔记本记下你所看到的东西，比如，你在外面大街上看到的。

很久以前我就开始不再记笔记或日记了。这些日子，似乎我在大街上经常见到的就是无家可归的人，或者那些看上去很穷的人，我认为他们是无家可归的。现在看到这样的一个人手里拿个手机也很正常。而且，除非我搞错了，越来越多的这样的人养宠物了。

在百老汇的阿斯特广场，我看到一条狗独自待着，四周围着一堆东西：一个装满东西的背包、几本平装书、一个热水瓶、铺盖卷儿、一个闹钟和一些快餐盒。正是由于不见人影，这一场景才如此酸楚，令人难以忍受。

我看见一个醉汉四仰八叉躺着在门口撒尿。他的T恤衫上写着：我是自己命运的建筑师。不远处，一个乞丐手里拿着手写的牌子：我曾经是个大人物。

在一家书店：一名男子从一张桌子走到另一张桌子，他一边走一边把手放在这本书上，然后又放在另一本书上，但随后并没有拿起任何一本翻看。我跟了他一会儿，觉得好奇，想看看他用这种方法到底想要买哪本书。然而，他空着手离开了那家书店。

这件事我没看见，但如果我早几分钟到这条街的拐角我就能看到：一个人从一栋办公大楼的窗户跳了下去。等我到那儿的时候，那个人的尸体已被遮盖起来。后来我能够了解到的只是：那是一个五十大几的女人。就在一个晴好秋日的午前时分，在一个熙来攘往的街区。我想知道，她怎么判断才能不砸中什么人呢？或者她只是……我们全都只是……幸运而已。

哲学馆墙上的涂鸦：经过审视的生活也不值得。

上东区一家私人俱乐部举办的一个文学颁奖典礼。我乘地铁从第五大道站出来。俱乐部距离六个街区远。我看到两个也是刚刚从地铁上下来的人：一个看上去六十多岁的女人，陪着她的男人三十来岁。他们可能会去附近的任何一个地方，但是，我突然想到，他们和我去同一个地方。结果还真是这样。他们身上到底什么让我这么想的？我说不清。对我来说，文学圈子里的人竟然如此容易辨认，这真不可思议。就像那一次在切尔西一家餐馆里，我经过一个卡座，里面坐了三个男人，我马上就确认他们是我们一个圈子里的，就在这时，我听到一个人开口说，这就是给《纽约客》撰稿的妙处啊。

邮箱中，有一部小说的预读本和编辑的一封信：我希望你和我一样觉得这部处女作小说貌似深刻，实则不然。

讲稿。

作家皆恶魔。亨利·德·蒙泰朗[1]。

作家总是在出卖某个人。［创作］是一种侵略性的，甚至

---

1 Henry de Montherlant（1895—1972），法国作家、编剧。主要作品包括《独身者》（*Les célibataires*）、《少女们》（*Les Jeunes Filles*）等。1972年因双目行将失明而自杀。

是敌对的行为……是一个秘密欺凌者的策略。**琼·迪迪恩**[1]。

每个记者……都知道……自己的所作所为在道德上是站不住脚的。**珍妮特·马尔科姆**[2]。

任何一个称职的作家都知道，对于人们在学习阅读中所遭受的伤害，只有一小部分文学作品的确能给予部分以上的弥补。**丽贝卡·韦斯特**[3]。

文学之恶似乎无可救药；那些为其折磨的人依然坚持这一习惯，尽管事实已经表明无法从中获得任何乐趣。**W. G. 塞巴尔德**。

约翰·厄普代克说，无论何时，只要他在一家店里看

---

1 Joan Didion（1934— ），美国作家，代表作品有写实文学《奇思年代》（*The Year of Magical Thinking*，2005）、《向伯利恒跋涉》（*Slouching Towards Bethlehem*，1968）、《白色专辑》（*The White Album*，1979），以及小说《顺其自然》（*Play It As It Lays*，1970）等。曾获第58届"美国国家图书奖"终身成就奖。

2 Janet Malcolm（1934— ），美国作家、评论家、记者、抽象拼贴画家，主要作品有《精神分析：不可能的职业》（*Psychoanalysis: The Impossible Profession*，1981）、《在弗洛伊德的档案中》（*In the Freud Archives*，1984）、《记者与谋杀者》（*The Journalist and the Murderer*，1990）。

3 Rebecca West（1892—1983），英国作家、记者、文学评论家及游记作家。她是一位多产的作家，作品几乎涵盖所有的文学类型。她还致力于女权和自由派运动，是20世纪首位公共知识分子。作品包括《跌落的鸟》（*The Birds Fall Down*，1966）、《溢出的泉水》（*The Fountain Overflows*，1956）、《真实的夜晚》（*This Real Night*，1985）以及《丽贝卡·韦斯特：庆典》（*Rebecca West: A Celebration*，1977）等。

到他自己的书，他就觉得他是侥幸成功。

还有谁也表达过这一观点：好人是不会成为作家的。

自我怀疑的问题。

羞愧的问题。

自我厌恶的问题。

你曾经这么说过：当我非常厌烦了我在写的东西，决定罢手时，然后，后来，我发现自己无法抗拒地也被它吸引回去，我总是想：狗改不了吃屎啊。

如果有人问我教什么，我的一个同事说，为什么我说"写作"的时候总是感到尴尬呢。

办公时间。该学生提到了他生活中的某个事实，接着说道，可是你已经知道那件事了。不对，我说，我原来不知道。他看起来有点恼怒。你什么意思啊？难道你没看过我的故事吗？我解释说，我从来不会想当然地就把一部虚构的作品认同为一部自传作品。当我问他为什么他认为我应该知道他是在写他自己的时候，他一脸迷茫地说，那我还会在写别的什么人呢？

我的一个朋友在写一部回忆录，他说，我讨厌把写作当成一种宣泄的观点，因为，这样似乎不可能写出一部优秀的作品来。

娜塔丽亚·金兹伯格告诫说，你无法指望通过写作来抚慰自己悲伤的情绪。

然后转向伊萨克·迪内森[1]，她相信，你只要把悲伤写进一个故事或者讲述一个关于悲伤的故事，这样你就能让任何悲伤都变得可以忍受。

我想我为自己做了精神分析师为他们的病人做的事。我表达了一些长久以来内心深处的感触。在表达过程中，我作了解释，然后就把它放下了。伍尔夫这是在谈自己写她的母亲；在她13岁（她母亲去世那年）到44岁之间，对母亲的思念困扰着她，令她寝食难安；在一种强烈的，而且明显是不由自主的冲动下，她写下了《到灯塔去》。然后，她的困扰也停息了：我不再听到她的声音；我也看不到她人。

问：宣泄的效果取决于作品的质量吗？还有，如果一个

1 Isak Dinesen（1885—1962），丹麦作家，原名凯伦·布利克森（Karin Blixen），作品有《走出非洲》（*Out of Africa*）等。

人通过写一本书而得到了宣泄，那么这本书好不好又有什么关系呢？

我的一个朋友也在写她的母亲。

作家们都爱引用米沃什的话：当一个家庭出了一个作家，这一家就完蛋了。

当我把我母亲写进了一部小说，她就再也没原谅我。

而托妮·莫里森倒宁愿把以真人为原型塑造角色称为侵权行为。一个人拥有自己的生活，她说。这并不是让另一个人用来写小说的。

在我在看的一本书里，作者在谈动嘴的人和动手的人的区别。似乎语言不能也是拳头。经常不是拳头。

克里斯塔·沃尔夫[1]作品中一个重要的主题就是担心写

1 Christa Wolf（1929—2011），德国作家，其作品因深刻的思想内涵和新颖的创作手法在德国文学史上占有重要一席。在数十年的创作生涯里，沃尔夫几乎囊括了德国所有的文学奖项，2002年获得“德国图书奖”，并多次获得诺贝尔文学奖的提名。作品包括《莫斯科的故事》（*Moskauer Novelle*，1961）、《分裂的天空》（*Der geteilte Himmel*，1963）、《菩提树下》（*Unter den Linden*，1974）、《童年典范》（*Kindheitsmuster*，1976）和《夏天里的故事》（*Sommerstück*，1989）等。

一个人就是杀掉这个人的一个方式。把一个人的生活转变成一个故事就像是把那个人变成了盐柱[1]。在一部自传体小说中，她描述了从儿时起就反复做的一个梦，梦中，她通过写父母而害死了他们。因为当了作家而羞愧难当，这感觉纠缠了她一辈子，无法释怀。

我想知道，有多少精神分析师会真正为他们的病人做伍尔夫为自己做的事情。我打赌不多。

他们可以随心所欲地揭穿弗洛伊德的思想，你说过。但是，没有一个人能扬言说这个人不是一个伟大的作家。

弗洛伊德真有其人吗？我有一次听到一个学生这么问。

当然，是一位精神分析学家提出了“作家的障碍”这个术语。和弗洛伊德一样，爱德蒙·贝格勒也是一个奥地利犹太人，而且他还是弗洛伊德学说的追随者。据维基百科介绍，他相信，受虐狂是所有其他人类神经官能症的根本原因，

1《旧约》中亚伯拉罕的侄子罗得和家人逃离罪恶之地所多玛时，罗得的妻子不听天使的警告，顾念所多玛，回头一看，就变成了一根盐柱。

唯一比人对人的不人道更糟糕的是人对自己的不人道。

（但是，女作家受到的是双重伤害，埃德娜·奥布莱恩[1]说：女人的受虐狂加上艺术家的受虐狂。）

受邀在一个治疗中心的工作坊教写作课，该中心为人口贩卖的受害者提供治疗。发出邀请的人是我认识的，或者说，以前认识的：我们上大学时曾是朋友。那个时候她也想成为作家。不过，她后来成了一名心理学家。过去的十年她一直在这个治疗中心工作，中心和一家大型精神病院相连，从曼哈顿乘公交车车程很短。她负责的那些女性对艺术治疗反应良好（我后来会看到她们画的一些画，而且觉得它们极其令人震惊）。她认为写作也许能更有用；因为写作似乎对其他创伤受害者——比如患有创伤后应激障碍的退伍军人很有帮助。

我想做这事儿。作为一种社区服务，作为对一个老朋友的帮忙，作为一个作家。

我想起了几个月前，在一个暑期作家会议期间我教的

1 Edna O'Brien（1930— ），爱尔兰女勋爵，小说家。

工作坊，我遇到的那个身上有着巴洛克风格穿孔和纹身的年轻女子。那是一个小说工作坊，不过，她当时写的更接近回忆录——称其为自传体小说、私小说、现实小说，不管叫什么——以拉蕾特的第一人称写成；拉蕾特是一个从事性交易的女孩。

因为三个主要的原因，她写的东西不错：没有多愁善感，没有自怜自哀，有幽默感。（如果最后一点听上去不大可能，试着想出一本不包含引人发笑的内容的好书，不管主题多么黑暗。米兰·昆德拉说，就是因为一个人有幽默感，我们才感觉我们能够信任他。）那种必须进行缓和处理以避免信念偏执的传记。（读者会惊讶地发现作者经常这么做。）她已经在一个康复中心住了两年时间，与药物成瘾、羞愧感作斗争，还要抵抗诱惑不逃回到皮条客那里；皮条客的名字纹在她身体三个不同的部位。后来，她注册念了一个社区大学，在那儿，她第一次上了写作课。

像很多我遇到过的人一样，她相信写作救了她的命。

你对写作能自助的观点一直持怀疑态度。你喜欢引用弗兰纳里·奥康纳的话：只有那些有天赋的人才应该写作，以供大众消费。

不过，很少会遇到这种人，认为他写的东西就是要保持私密状态。而通常都会遇到这种人，认为他写的东西不仅有权供大众消费，而且还应给作者带来声誉。

你认为人们走错了道。你认为他们在追求的东西——自我表达、团体、关系——更有可能在别处获得。集体唱歌跳舞。大家缝聚会[1]。那是过去人们通常光顾的场合，你说。写作太难了！亨利·詹姆斯说过，任何想成为作家的人都必须在他的旗帜上印刻上孤独二字；这种说法不无道理。菲利普·罗斯说过写作即挫败和羞辱。他将写作比作打棒球：你三分之二的时间是输的。

这就是现实，你说。不过，在我们这个书写狂人辈出的时代，现实已经迷失了。如今每个人都写作，就如同每个人都排便一样；一听到天赋这个词，很多人就想伸手去拿枪。自助出版的兴起是一场灾难，你说。是文学的死亡。也就意味着文化的死亡。因此，加里森·基勒是对的，你说，当人人都是作家的时候，就没人是作家了。（不过，事实上，这

1 quilting bee，也称quilting party。早期的美国妇女很少外出工作，无聊时带上要缝的被子聚在一起边缝边闲谈，故而得名；这也是一种社交活动形式。如今仍有这种聚会，但聚会时不局限于缝被子，凡是针线活或手工活皆可带去交流。

正是你过去常常告诫我们要提防的那种说辞：听上去不错，但如果你细加分析，这一说法根本站不住脚。）

这一切都不像听上去的那么新鲜。

写点什么、出版点什么，这些越来越不是什么特别的事儿了。为什么我不能也这么做呢？人人都问这个问题。

法国批评家圣伯夫写道。

1839年。

并不是说你阻止我在VOT（人口贩卖受害者）治疗中心教书。我猜想那可能十分令人沮丧,你说,但是,不会无趣。

事实上，就是你的主意，认为我应该把它写下来。

中心的那些女人被鼓励记日记。或者，就像我的心理学家朋友说的那样，写日记。日记是要有私密性的，她说。有些女人想到可能有人会看她们写的东西，就担惊受怕，于是她必须向她们保证这种事不会发生。她们要知道除了她们自己，没有别的人会看到，她们可以完全随心所欲地写下任何她们想写的东西。就连她也不会看的。

她建议那些英语是第二语言的人用她们的母语写。

有些女人在不写日记的时候小心翼翼地把她们的日记

簿藏好。另外一些人则始终将日记簿带在身上。但有几个人不管写下什么，都坚持立刻或写下后不久就全部毁掉。她对她们说，那样也可以。

这些女人被要求每天至少写15分钟，速度很快地写，不要停下来思考很长时间，也不要受干扰分心。她们用普通书写[1]写在中心提供的笔记本上(我的朋友相信,有研究表明，普通书写更有利于集中思想，而在接收隐私和秘密内容时，有横线的页面比空白屏幕更受欢迎)。

当然，也有一些人拒绝写日记。

就是这些女人会因为我要求她们回首不堪的往事而生我的气，她说。你必须明白这些女人都经历了什么。对她们大多数人来说，受到的虐待并不是从被拐卖才开始。(我肯定是从出生就经历了暴力。) 其中一些是故意造成的伤害——在某些案例中，彻彻底底就是出售——被她们自己的家人。仅仅因为她们不再被虐待并不意味着她们不再受到伤害。我有一度总会问她们，她们认为可能发生在她们身上的最好的事情会是什么，我不能告诉你有多少人这么说，

1 相对于打印和速记而言的普通写法。

我认为对我而言最好的事情就是去死。

但是，有一组女人很喜欢记日记，每天写的时间经常远远超过15分钟。我的朋友想给这些女人一个机会参加工作坊，在这个安全的地方，她们不仅可以写，还可以和老师、同学相互交流。她说，在报名参加工作坊的人当中，我可以指望她们有一定水平的英语，虽然并非每个人的母语都是英语。然而，即使是以英语为母语的人也对她们自己的写作能力表示担心，尤其担心拼写和语法。她告诉过这些女人，她们记日记时，拼写和语法都不是她们应该关注的东西。

因此，你要忽略这方面的错误，这很重要，她对我说。我知道这对你而言不容易做到，但是，这些女人严重缺乏自尊心，我们不想继续压抑她们。

我想到了阿德里安娜·里奇的一首诗，其中有几行是纽约城市学院开放式招生项目中的一个学生写的。穷苦的人儿受难多……其中的一些苦难是：

我的朋友给我看了这些女人画的几张图画：一具具无头的躯体、一栋栋着火的房子、一个个长着猛兽嘴的男子、一个个生殖器或心脏被刺穿的赤身裸体的孩子。

她让我听了磁带录音，上面是这些女人所作的证词，于是，这一幅幅画儿就鲜活起来了。

我一直把她们称为女人，她说。但我们知道有很多还只是孩子。那些是最悲惨的例子。我们有一个14岁大的孩子，她上个月被救了出来；她此前一直被关在一栋房子的地下室，用链条锁在一张小床上。性虐待又加上囚禁——那就是伤害最严重的时候。当时这个女孩已说不出话来。她的发音器官没有任何问题——总之，医生找不出任何问题——但是，她就是一直哑巴似的。我们时常碰到这种心因性症状：失语、失明、瘫痪。

我的朋友想让我看一部名为《永远的莉莉亚》的瑞典电影。其实几年前这部电影刚上映时我就看了。那个时候，我不知道该电影是根据真实故事改编的。我当时对这件事了解得不多；有一天，我一时兴起决定去看这部电影，因为我喜欢该片导演早先的一部电影，还因为电影就在附近上映。如果我事先就知道等着我的是什么，我很可能绝不会去看这部电影。结果是，这次的经历令我难以忘怀：即使十多年过去了，我也没有必要再看一遍。

苏联某个地方，16岁的女孩莉莉亚和母亲一起住在一个荒凉的住宅里。她相信她和母亲还有母亲的男友马上都要移民到美国去了，但是，事到临了，莉莉亚却被留了下来。随后，冷酷无情的舅妈霸占了莉莉亚一直住着的公寓，强迫她搬走住进一个肮脏不堪的狭小地方。被抛弃且身无分文的莉莉亚沦落为妓女。

莉莉亚知道，从周围人身上，她只能得到冷酷和背叛。唯一的例外是沃洛佳，这个男孩比莉莉亚小几岁，受尽了酒鬼父亲的虐待。沃洛佳爱莉莉亚;沃洛佳被父亲扫地出门后，莉莉亚把他当朋友，收留了他。这两个流浪儿一起度过了一些快乐的时光。但是，大多数时候，莉莉亚的生活状态是恶劣的。

一个说话慢声细语的帅小伙的出现给她带来了希望；小伙子名叫安德烈，是瑞典人。莉莉亚立刻就爱上了他。安德烈告诉莉莉亚，他可以帮助她移居瑞典，然后开始一种新生活。她不管这对沃洛佳意味着什么，一下子就抓住了这次机会；事实上，沃洛佳无法接受他在这个世界上唯一的朋友的离去，他自杀了。

沃洛佳随后以一个天使的形象继续出现在电影中。

莉莉亚独自一人到了瑞典（安德烈许诺随后去找她），有个男人到机场去接她，她曾被告知，这个男人会保护她。

男子开车带她去了她的新家，高耸在街头的一个高层塔式公寓楼，然后将她锁在屋里。长发公主，长发公主。到了瑞典后，他是第一个强奸她的人。莉莉亚的新生活开始了。现在，她每天会被送到一个个嫖客手里——不同年龄、不同类型，各式人等均有——他们中没有一个人顾及她显而易见的小小年纪，也没有一个人顾及明摆着的事实，即，她是在不情不愿地满足他们的淫欲。相反，每个人都表现得好像当性奴就是莉莉亚今生今世的目的。

莉莉亚第一次尝试逃跑，结果被抓回来打了一顿。第二次，她发现自己在一座高架桥上。虽然以女警察形式出现的援助近在咫尺，但是莉莉亚却感到恐慌，于是她跳下桥去。

《永远的莉莉亚》是以现实生活中的一个女孩的身世为原型的；女孩跳下去后，在她身上发现了她写的几封信。她的故事这才得以为人所知。

我当初看这部电影时，一个人，在我家附近的小艺术馆，是个工作日的下午。观众只有几个人。我现在还记得，电影结束后，我不得不在原地待了一会儿，好让自己平静下来再离开剧场。那是一种羞耻的感觉。在我前面几排坐着一个女人，她也是一个人来看电影的，这时她在啜泣。等我最后离开的时候，她还坐在那儿，还在啜泣。我也为她感到羞耻。

据我的朋友说，《永远的莉莉亚》这部电影经常会放给人道主义和人权组织成员看，也会在女童特别容易被拐卖的一些地区的学校里放映。

一组摩尔多瓦的妓女受邀观看这部影片，她们观后的反应是还不够残暴。

对我而言，更为震惊的是听到导演说他相信上帝眷顾莉莉亚（就像沃洛佳一样，在她死后，她也化身天使的模样出现在银幕上），他还说如果不相信这一点，他就不可能拍成这部影片。我认为我会把自己给杀了的，他说。

他觉得，那些不这么认为的人、那些一点儿也不相信上帝眷顾着尘世间一个个莉莉亚的人，他们应该采取些行动，然而，这意味着什么呢？

我的朋友说，对于那些自己就是不平等待遇和剥削受害者的人而言，就像那些被困在像莉莉亚家那样的贫民窟里的人一样，对他们互相虐待的做法可能会有一些理解。甚至可能会原谅，她说。但是，繁荣的北欧福利国家中所有特权成员堕落的行为——这是更难接受的。

我有一次在一本杂志上看到一幅照片：长长一列男人的队伍在雏妓接客的棚屋外蜿蜒而行。我不记得是在世界上的哪个地方了。但我清楚地记得那些男人没有任何迹象显示他们不同寻常。他们中有几个在抽烟。这个人在看自己的手表，那个人在仰望天空，还有一个在看报纸。总而言之，一副百无聊赖的神情。他们本来可能会在等公交车，或者在车管所排队等待。

我的朋友还告诉我一个例子。又是同样的情况，医生找不到病人身上影响她像正常人一样开口说话的受伤处或者病症。但她就是不开口说话。当有人建议她开始记日记时，她情绪很高。一星期后，她已经写满了整整一摞笔记本。她的字令人吃惊地紧紧挤在一起，这是可以想象到的一个个写得最小的字母，我的朋友说。光是看着她潦草地一直写着就够吓人的了。她的手肿了，手指起泡、出血，但她就是不肯——不能——停下来。

我们不知道她在写些什么，因为她没有让我们看，我的朋友说。但是，如果大都是些车轱辘话或废话，我也不会感觉惊讶。幸运的是，我们给她进行了药物治疗，帮助她停止了疯狂的书写，而且重新开口说话。

据拉蕾特说，她自己也经历了一段时间的失语。每当她想说话的时候，她的喉咙就会痛得哽住，仿佛一双无形的手在掐住她。

> 尽管很痛，我还是会努力尝试，但我最多只能发出一种干巴巴的吱吱声，就像是气喘的老鼠一样，每每让人发笑。我真是羞愧难当啊，于是我不再尝试。想与人交流，我就通过写字或者某种手语或唇语。不过，这时候我的喉咙依然会痛。

在治疗过程中，她想起了一件她多年来都没想过的事情。这件事牵涉到她的外婆;她一直努力尽量少想她的外婆。拉蕾特10岁的时候，她母亲被一个男朋友捅死了。因为本来她就没有父亲,于是就由外婆来照顾。拉蕾特把这个女人，一个毒瘾日增的瘾君子，称为“我的第一个奴隶主”。

> 是她第一个把我卖给了男人。我记得我们当时正坐在厨房的餐桌边，她起身往冰箱走去。她打开冰箱拿出一根冰棍，撕开外包装，掰成两半。我记

得是樱桃冰棍，我最喜欢的口味。她把一根棍子塞进我的嘴里。跟我学，宝贝儿。她把另外一半放到她自己的嘴里，吃了起来。

有几段记忆拉蕾特一直犹豫要不要写进她的书里，这是其中的一段。她担心这听上去会显得太假。她一次次把它删了，然后又一次次补写回来，然后又把它删了。

我还知道一个女人，一位作家，她有时靠当性工作者来谋生。她反对最近的一种观点，认为每一个妓女都应被视为人口贩卖受害者。她希望在奴隶和像她这样的有人身自由且自愿的性工作者之间划一道明确的界线。对妓院的突击搜查、对嫖客下的圈套以及公开羞辱嫖客等等令她怒火中烧。

上帝把我们从白衣骑士手中拯救出来，她说。相信我们并不是全都需要或都想得到拯救为什么就那么难呢？一个女人用自己的身体做什么完全是她自己的事，然而，让社会接受这一点不是一直就不可能吗？

这个女人喜欢讲述法国女演员阿尔莱蒂的一个故事；1945年，阿尔莱蒂被判叛国罪，因为在被占领时期，她曾和一个德国军官有染。她为自己辩护时说，我的心属于法国，但我的屁股属于全世界。（其实，我的朋友更喜欢阿尔莱蒂那句名言的另一种不同的、更简洁的版本：我的屁股不等于法国。）

我的那个性工作者朋友说，大多数女人都很幼稚，她对此感到吃惊。她们不知道，大多数男人都有嫖妓的经历，其中就包括她们自己的父亲和兄弟、男朋友和丈夫。我听到拉蕾特说过同样的事情——正如我听到男人们说过，他们对那些声称从未花钱嫖过娼的男人表示怀疑。

在最近一部电视纪录片中，一个原先在郊区一家汽车旅馆做妓女的女人解释说，星期一上午曾是她最忙的时间：显然，在和妻儿们共度周末后，没有比这更合适的正事了。

我有一次问我的朋友，她是否很享受当一个性工作者。我十分肯定她会说是的。但是，她看着我，好像没听清楚我说的话。我做这件事是为了钱，她说。没有什么可享受的。如果我靠写作就能谋生，我根本不会做这一行。这比教书容易，她说。

我不得不保证不使用工作坊里的女人们写的任何东西。但是我的心理学家朋友同意让我写写她，写写她做的工作。

你以慷慨的方式，向一位碰巧与你共进午餐的编辑提出了这个想法。随后不久，我就签下合同、定下了交稿截止日期。

我们大学毕业后不久，我的朋友发表了几篇短篇小说。刊登小说的那几本杂志规模不大但很有声望，是那种引起人们极大关注的文学季刊。其中一篇获了个奖，同一年晚些时候，她获提名，随后被授予一个更大的奖项，该奖每年会颁发给大有可为的青年作家。

我想知道她为什么不再写了。

确切地说，这并不是一个决定，她说。只是就这样发生了。我那时已经动笔写一部长篇小说了，但注意力无法集中，我的一个熟人建议我试试冥想。我就这样对佛教有了兴趣。我花了一个月的时间在北部地区的一个静修处学习冥想，从那以后，我就一直进行修炼。我知道很多作家都对佛教感兴趣——这年头，谁还不练一点点冥想或瑜伽呢?而且，我知道有一些人说冥想有助于他们的事业。但是自从我开始研修佛教，我发现它与我想成为一名作家之间是冲突的。

不过澄清一下,我并没有停止写作。我没有必要那样做。

我记日记，首先——事实上，我把记日记视为一种冥想——而且我还写诗。我每天工作中看到的东西很烦人，而我发现诗歌对我有好处。并不是说我写的是有关我的工作的。我的诗歌一般都是关于世间的美丽——大多是关于自然。不是什么好诗。我知道，所以我也没想拿给别人看。对我而言，写诗就如同祷告，祷告并不是你必须和旁人分享的事情。

并不是说，我想完全从这个尘世隐退。我并不打算皈依佛门做个尼姑或什么的。但是正如我说的，我开始对成为一名作家感到困惑。我不知道我怎样才能把文学事业与摆脱牵挂的目标协调起来。在我完成佛教静修后不久，我在一个艺术家聚居地住了一段时间——我当时是希望回到小说创作的轨道上去。我记得放眼望去，那地方其他人当中有一些像我一样刚刚起步，还有一些已经功成名就；于是我就想，除了天资，还需要什么才能成功。你必须有抱负，认真对待的抱负，而且，如果你想把事情真正做好，你必须受到鞭策。你必须想着要超越旁人已经取得的成绩。你必须相信你在做的事情是极其严肃认真和重要的。而所有这一切似乎与我学习打坐——要去放下——是矛盾冲突的。

而且即使写作不应该是一种竞争，我也能看到作家们多半相信它就是一场竞争。我在艺术家聚居地期间，那儿的一个作家得到一笔预付款，数额巨大，连《纽约时报》都给予了报道。那天吃晚饭的时候，他说，我最后两个朋友也离我而去啦。当然，他是在开玩笑，但我注意到每当一个作家一炮打响的时候，似乎就有人费尽心思要让那个人失败。

而且，似乎金钱是每个人惦记的东西。我搞不懂。这世上有谁是为了钱而当作家的？我记得我的第一节写作课，老师说：如果你们打算当个作家，你们要做的第一件事就是发誓甘于清贫。教室里没有一个人眨一下眼睛，都非常泰然。

在我看来，似乎每个我认识的作家——这在当时意味着几乎是我认识的所有人——都长时间处在一种沮丧的状态中。人们总是为谁得到了什么、谁又被排除在外，以及整个业界存在多么可怕的不公平等等而操心烦恼。这令人感到非常困惑。为什么非要这样呢？为什么这些男人都那么傲慢，为什么他们中有那么多人是性侵者呢？为什么女人都愤然且沮丧？真的，很难不为每一个人感到难受。

无论哪次我去参加读书活动，我都忍不住为作者感到尴尬。我会问自己，我希望台上的那个人是我吗，真实的回答是，绝对不希望。而且不仅仅是我。你可以感觉到其他的听众，也是同样的不自在。我记得当时想，波德莱尔说的艺术就是卖淫正是指这个啊。

与此同时，我还在苦苦地写着那部长篇小说。然后有一天，我对自己说，说你不写这本书了。有不计其数的人愿意写出小说来，难道不是吗？实际上，已经有太多的小说存在了，难道不是吗？我真的认为我的小说会是一本可看可不看的书吗？我是否有理由用我的一生，我唯一狂野而宝贵的一生，去做一些——我知道，未完成的——不容错过的事情呢？

这时间前后，我碰巧听到某个作家在电台做节目。我不记得是谁了，但对我来说，就好像是神一样。我记得他说，如果在接下来的一整年里一部小说也不出版，而不是我们所知道的那样有数量惊人的短篇小说和长篇小说会出版，对这个世界的影响基本上是一样的。这么说当然不对，因为我认为那样会对经济产生重大的影响。不过我知道他在说什么，而且我感觉他这话仿佛是在对我说。也就是这个时候，我对自己说，你必须改变你的生活啦。

并不是说我没有遗憾。很多次，我都有这种非常糟糕的感觉，认为自己就是一个轻言放弃的人，太懒或者太懦弱，无法实现自己的梦想。但是，如果我需要证明我做出了正确的决定，我只需要看一看我自己的阅读情况。我曾经是个最有激情的书虫，但是这些年来，我对阅读，尤其是对小说，越来越不感兴趣。也许，这和我每天看到的现实有关，但是，我开始对那些虚构人物的故事感到厌倦，他们虚构的生活里充满着虚构的问题。

我还是坚持了一阵子。我会买一本书，就是人人都说是名著，或伟大的美国小说或别的什么的那类书，经常的情况是，我不会读完这本书。或者，如果我的确读完了，我也不会记住它。大多数时候，我几乎是一合上一本书就忘记了它的内容。后来，事情发展到这样的程度：我几乎完全不看任何小说，而且我意识到我并没有错过什么。

如果她自己没有停止写小说，情况会怎么样呢，我问。她认为她仍然会失去看小说的兴趣吗?

我不知道，她说。我只知道，如果让我做你正在做的事情，我不会有我现在做着我自己的事情这么开心。

她觉得她可以对我畅所欲言，而不用担心会伤害我的感情，也许这是恭维话。

那个学生从一个写作项目班毕业，随后接着……放弃写作。我和你都熟悉这种情况了。似乎每个班上都有这么一个例子，我们一直纳闷：为什么经常是那个最有希望的人呢？（大夫人就正是这种情况。）

写一个物体。写写某样东西，现在或者过去对你来说很重要的东西。这个物体可以是任何东西。描述一下这个物体，然后写一写它对你为什么重要。

一个女人写了香烟。她最好的朋友，她这么称它。她8岁的时候就开始抽烟了。如果没有烟，我根本就活不下来，她说。我什么事也不想做就想抽烟。另一个女人写了她曾经用来自卫的一把刀。她并不是唯一一个写某种武器的人。但是大约有一半的女人写到了布娃娃。除了一个布娃娃，其他的都没有好下场。要么是丢了或损坏了，要么是以这样或那样的方式遭到毁坏。逃过这种劫难的那唯一一个布娃娃现在藏在一个秘密的地方，作者希望将来有一天能够把它找回来。这就是这个女人要说的全部。当我提醒她，她应该描述那个物体时，她摇了摇头。如果她那样做了，她就会招来不幸，她说。那个布娃娃就会受到伤害，那样的话，她就再也见不到它了。

一个星期又一个星期，在回家的公交车上读着这些女人的故事，它们开始有点像是一个大故事了，就像同一个故事被一遍又一遍地讲述。有人总是在挨打，有人总是在痛苦。有人总是被像奴隶一样对待。一件事。

其中的一些折磨是：

相同的名词：刀子、皮带、绳子、瓶子、拳头、伤疤、青肿、血。相同的动词：强迫、殴打、鞭抽、火烧、窒息、挨饿、尖叫。

写一个童话故事。对一些人而言，这是一次幻想复仇的机会。又一次，永远是一个暴力和羞辱的故事。永远是相同的词汇。

没有作品会浪费的，你过去常常说。即便是没有写成功，你最终将它们扔掉了，但作为一个作家，你总学到了一些东西。

这就是我学到的：西蒙娜·韦伊是对的。想象的邪恶是浪漫而多变的；真实的邪恶则阴郁、单调、荒芜、乏味。

这就是你尚在人世时和我谈论的最后一件事。此后，只收到你的一封电子邮件，上面是一份书单，列出了你认为也许对我的研究会有帮助的书目。以及,因为时值年末岁尾，信上还有新年祝福。

第四章

这听上去简直不可能：一部关于一个男人与一条狗之间的爱情故事的回忆录。

男人：J. R. 阿克利（1896—1967），英国作家、BBC杂志《听众》的文学编辑。

狗：奎妮，一条德国牧羊犬。18个月大的时候被阿克利收养，当时他人到中年，依然单身，有着可怕的滥交史，已经放弃了找到伴侣的希望。

书：《我的小狗郁金香》。给狗改个名字是一位编辑提出的建议，他认为“奎妮”这个名字有问题，因为大家都知道阿克利是同性恋。

自然，我是从你嘴里第一次听说阿克利。他的一卷书信集刚刚出版。很值得一读，你说，就和他写的每一本书一样。但是，被你说成不可或缺的是他的回忆录。

只要找对了调儿，你什么都能写：在看这本书的时候，我经常想到这句格言。“比你想知道从狗的阴道、膀胱和肛门里进进出出的那些东西多多了。”一条顾客评论告诫说。事实上，《我的小狗郁金香》大部分内容都是关于阿克利所说的郁金香的发情期。虽然读者时而忍不住觉得书中出现人兽交不可避免，所以不免做好心理准备，然而并没有发生这样的行为。但说他们之间关系不亲密就是说谎了。阿克利自己也承认，有时那条沮丧的狗不断地向他扑过来，他会怜惜地抚摸她热得发烫的外阴。

考虑再读一遍这本书，这有多危险啊，尤其这还是你先前喜爱的一本书。总会有这样的可能性，原来的印象不复存在，不管出于什么原因，你可能不再那么喜爱它了。当这种情况发生时——这种事总在我身上发生（而且随着年龄的增加发生得越来越多）——产生的后果令人极其沮丧，我现在打开以前最喜欢的书都是谨慎而为之。

文风依然优美，措辞依然犀利，故事——如果硬要说有什么不一样的话——甚至比我记忆中的更扣人心弦。但还是有一些东西已然改变。看第二遍的时候，我发觉作者没那么讨人喜欢了。我甚至发觉他有点让人讨厌了。他对女性怀有的敌意——我以前是错过了，还只是忘记了呢？

女人是危险的，尤其是工人阶级的女人……她们不惜一切代价且绝不放手。

真的，总的来说，阿克利对人类没什么感情。但其厌女症是显而易见的。女人都不是好东西，因为她们是女人。

但兽医坎维小姐是个例外，她既能干又富有同情心，很快就诊断出郁金香行为问题的原因是心病：她爱上你了，这是显而易见的。

事实是他爱上了她。尽管这可能是显而易见的，但是，我还是对他对她的态度感到困惑。郁金香的行为问题严重。一条顽皮得要命的狗、没有受过良好的训练、神经质且易激动，简直到了歇斯底里的程度，还不善交际。她没完没了地狂吠，而且还乱咬。她的行为太糟糕了，破坏了阿克利和周围人的关系。他不愿采取任何行动来约束她，朋友们对此感到惊愕。他把"她的心理障碍"归咎于她的第一个主人家，因为在那儿，她太多的时候都被独自留在家里而且有时还挨打。但他自己却常常忍不住对她又是呵斥又是揍的，尽管他也知道这样的惩罚只会令她迷糊。

沮丧、愤怒、暴行（他的话）。这种模式似乎不可避免。

当郁金香有了一窝幼崽，就加剧了阿克利家中已有的混乱，他有时还会拍打幼崽。

很难不得出这样的结论：如果经过更好的训练，郁金香就会是一条更加快乐的狗，而且阿克利自己的生活（更不用说他的邻居们的生活了）也会得到很大的改善。但他是又一个不愿受支配的。他的头脑里根深蒂固的想法是，郁金香必须享受完美的狗生。那意思是必须允许她狩猎和吃兔子，她必须体验性生活，还要做妈妈。可是，即使已经生了一窝，他还是不忍心去切除她的卵巢：我怎么能伤害这么漂亮的动物呢？尽管良心上感到不安，但他还是能够少去在意那些杂种狗狗崽的命运，因为他知道他不会给它们找到好的主人家。爱宠的需求就是一切。郁金香的发情期不仅将他们俩的生活搅得天翻地覆，还给他所在的整个伦敦地区造成了混乱，因为数量众多的狗狗不戴牵绳就出门，就像郁金香自己，即使是在发情期也是那样。

一页又一页地讲述她性挫败的苦恼。阿克利分担着她的痛苦，她受的罪让他的心都碎了。四季交替，时光荏苒，他们俩一起受苦遭罪。他仍然不愿意切除她的卵巢。他对郁金香反复出现的这部分状况的描述令人痛心，我简直想尖叫着说：你怎么能不对她进行干预呢？

我记得，尽管你很欣赏这部作品，但你却对这种生活很排斥。生活中，一个人最重要的关系是和狗的关系——还有比这更悲哀的吗，你说。但是，对我来说，阿克利似乎充分体验了人人都渴望得到，但大多数人永远也无法企及的那种相互间无条件的爱。（奥登问道：又有多少人找到了他们的郁金香呢？）15年的婚姻，他生命中最幸福的那些岁月，阿克利说。她最后的病痛迫使他结束她的性命时：我真想自杀殉情啊。然而，他继续活着。他写书，他喝酒。漫长而黯淡的六年时间。他喝着酒，喝着喝着，就死了。

人与狗。难道这一切——正如动物专家们所认为的那样——真的都是从哺乳期的妈妈们把失去双亲的小狼崽揽到怀里和自己的孩子一起哺乳开始的吗？这难道不是完美契合了罗马城创建者、那对双胞胎兄弟的神话吗？罗穆卢斯和雷穆斯，他们出生时遭到遗弃，被一只母狼温情相待并哺乳喂养。

这里稍作停顿，想一下为什么我们把登徒子叫做色狼呢。众所周知的实情是，狼对配偶是忠诚的，是一夫一妻长相厮守的，对子女也是无私奉献的。

我喜欢澳大利亚原住民说的这句话：狗让人成为人。还有（不过我记不得是谁说的了）：阻止我成为一个彻底的厌世者的原因是看到狗对人强烈的爱。

阿克利对气味总体上过于敏感，对人体则有洁癖，但他对郁金香发出的味道却一点儿也不反感，甚至对她肛门腺发出的味道也无所谓，而且还觉得她拉屎的样子很优美。

他书中写她排泄习惯的内容比起写她性生活的内容要少一些。但篇幅还是相当多的。而且都是具体细节……

那一章叫《小便和大便》。

虽然我遛阿波罗时总给他戴着牵绳，我担心，就像阿克利担心的一样，狗在大街上拉大便——尤其是一条大狗——可能会被汽车撞了。不幸的是，阿波罗经常离开路牙，在很危险的地方蹲下来。我和阿克利一样，无法让阿波罗到人行道上去解决这个问题；不过，和阿克利不一样，我总是辛苦地收拾残局。无论何时，每当阿波罗远离路牙将自己置于险境时，我的解决办法就是，将我自己置于他和迎面而来的车流之间。的确，现在我只是将我自己置于了险境，但是我猜想——我希望不是太天真——为了避免撞到一个人，开车人会更加小心点的。曼哈顿的开车人不是有耐心之人。很多碰上这种不便的都开口对我咒骂。但也有其他一些开车人，我知道，至少他们会放慢车速，就像许多行人那样，盯着我看。

在《如何成为一名闲荡者》这篇文章中，你说你认为带着一条狗走很长的路不是真正的闲荡，因为这和漫无目的的闲逛是不一样的，而且，要看护好一条狗，人就不能走神。这些天我花了好多时间去遛阿波罗，我无法想象就我一个人出去散步。不过，阻止我走神或者胡思乱想的事儿是，他引人注意的方式。我平时不喜欢陌生人的关注，但是，尽管阿波罗在拉大便时并没有表现出因缺乏隐私而受到打扰的迹象，但我却觉得这些时刻特别难堪。最糟的是，当我在众目睽睽下在他身后清理的时候，某些人似乎从中获得一种快感。人们评论他的大便量的多少，根本无视我的存在，其实我拿着桶和铲子就站在那儿（在他们心中这就是欢乐的源泉，不过，我很高兴我自己想出了这个主意，用儿童玩具的沙桶，里面衬一个塑料袋，再加一把小小的园艺铲)。

我真同情你，有人说(边说边咧嘴笑着)。或者：我喜欢狗，但我决不会做你在做的事情。

还有几个人斥责我根本就不该养这么一条狗：城市里不能养大狗啊！

我觉得这真残忍，一个女人说。把那么大一条狗关在公寓里养。

哦，不过我们就受一天罪，我回敬她。我们明天就乘飞机回家住豪宅了。

(是的，当然也有好人，尤其是养狗的人，很多人要么管好他们自己的事，要么说些善意、友好、明智的话。但我们都知道，善意的东西写下来、读起来就绝对没那么有趣了。)

小便：当我看到大量的液体喷涌出来时，我很感激他没有像大多数公狗那样抬起一条腿：那样的话他可能会让一扇车窗湿透，而不是一个轮毂。

大便：不再赘述。

然而，除了大小便以外，还有一件事，大型犬种的麻烦。我不得不每天给他洗好几次脸。我称之为擦洗甲板。

他原来的那个兽医在布鲁克林，我没有带他去那儿，因为要去就得想办法找个交通工具载他去，我在家的附近找了一个，只要步行过去就可以。他对阿波罗很好，但是我对他保持警觉；他这种人跟女性说话时似乎她们都是白痴，而对老太太们说话时似乎她们是耳聋的白痴。

当我告诉他说阿波罗从来不和其他狗玩耍，甚至在狗狗公园也是这样，他说，嗯，他不再年轻了，对吗。我肯定你也不像以前那样跑那样跳了吧。

听了整个故事后,他耸了耸肩。人们总是随意遗弃宠物，他说。只有狗会为主人而死，而不是反过来啊。（显然他没看过阿克利的书。）现在的离婚率不就告诉我们一个人的忠诚值多少钱了吗？他说话的口气让我感到不安。

有人告诉过我，很多兽医往往容易急躁，因为他们的职业原因，他们会接触到特别多的人类的愚蠢行为——无疑，大多数是以拟人化的形式出现的。我记得有一个兽医，当我说我的猫总是发出咕噜咕噜的叫声，因此他肯定很开心时，兽医翻了翻眼睛。咕噜咕噜只是他们发出的声音，并不意味着他们开心，他凶巴巴地说道。

这位兽医坦率地告诉我说，虽然阿波罗就他的年龄而言身体算是很好，但他活不长。考虑到他的关节炎，他说，相信我吧，他不会愿意长命百岁的。不管你做什么，都别让他增加体重。

他对那拙劣的剪耳手术摇了摇头，然后指出还有什么让他成为不够完美的犬种样本：胸部和肩膀相对于臀部而言太宽；颈部的白色不够纯，还有，身体其他部位黑色的斑块分布不是十分恰当；两眼间距离有点太近了；嘴巴有点太宽了；腿偏粗了。身材魁梧但属矮壮，缺少真正的优雅。

他毫不怀疑这条狗在哀悼他以前的主人，而且认为，环境太多次的改变使他的情绪更加糟糕。（你觉得呢？他粗暴地问道，仿佛我自己永远也不会想到这一点似的。）我告诉他关于阿波罗狂吠的事，以及似乎已取而代之的可怕的新症状：时不时地，阿波罗会突然一阵狂躁不安。他四下张望，好像迷迷糊糊的。然后，尾巴夹在两腿之间蹲下，尽可能靠近地面，但并没有真正躺下。这就好像他在努力让自己变得尽可能地小。然后就开始颤抖起来。时间持续从几分钟到半小时不等，他因恐惧而蜷缩着，同时不可控制地直哆嗦。

任何人都会说，他是觉得有什么可怕的事情要发生在他身上了，我告诉兽医；我没说出来的是，这一次次发作太令人不安了，有时看得我就会流泪。

有治疗犬类焦虑和抑郁的药物，但是这位兽医根本就不喜欢用。一种药可能需要服用几个星期才有疗效，他说，而往往可能毫无效果。

不得已时我们再用药物治疗吧，他说。最近别让他独自待的时间太长，而且你一定要和他交谈。让他得到尽可能多的锻炼。你也可以尝试按摩，如果他肯让你做的话。只是别指望他会变成“快乐狗先生”。他可能再也不能康复了，无论你做什么。而且你也永远不知道为什么。并不只是因为你不知道他的过去。人们认为狗是简单的，而且我们总愿意相信我们知道他们脑子里在想什么。但其实我们正在发觉，狗比我们原来以为的要神秘得多、复杂得多，而且，除非他们发展到也会讲我们的语言，否则我们永远也不会了解他们。当然，任何动物都是如此。

他是一条很棒的狗，但我必须警告您，他说。您这位女士身材小巧，他肯定要比您重80磅。（这是在奉承我了。）与这些高大威猛的犬类相处的方法就是不让他们知道真相，也就是说你不能真去让他们做他们不想做的事情。

这话说的，好像阿波罗不知道这一点似的。不止一次，当我们在外面遛着，他觉得我们已经走够了。于是他便停下来，在路上坐下或躺下，我无论做什么也无法让他再站起来。与其说我生他的气，不如说我生那些人的气，他们驻足观望，有时还哈哈大笑。有一次，一个男人，想要帮忙，他站在远处，一边拍着大腿一边吹着口哨。阿波罗的反应就像惊雷滚滚响了起来，这在我也是第一次听到，来势汹汹太恐怖了，那个男人以及边上的几个人迅速横穿马路离开。

无论谁训练他，都要让他懂得人才是老大，兽医说，而且你不能让他开始有其他想法。你不能让他认为他是老大。当他靠在你身上时——就像大丹犬通常会的那样——你坚持到底，不要让他把你撞倒。让他仰面躺下，花上一点时间按摩他的胸部。看在上帝的分上，你自己回到床上睡觉，让他睡在地板上。你训练狗的时候要控制他，让他在下面。

我听到这些话时的表情显然激怒了他。

他是一条好狗，他重复道，这一次声音很大。别把他变成一条坏狗。坏狗很容易就会变成一条危险的狗。

等他给阿波罗检查完然后教训完我，我比原先更喜欢这个“暴躁兽医”了。不过不那么喜欢他的临别赠言：切记，千万不要让他开始认为你是他的母狗。

现在我养了阿波罗，我就会经常想起博，那是一条大丹犬和牧羊犬的杂种，是我20岁出头时的同居男友养的。我第一次见到他的时候，他还是一条小狗，他长大后几乎有大丹犬那么高，但又不是一模一样；有很多大丹犬的特性，但带有牧羊犬的神经质和攻击性。他身材魁梧，没做绝育手术，盛气凌人，就像一个想找人打架的人一样在街上游荡（而且常常，天啊，还真找到一个打上一架）。我们的公寓地处一个不安全的街区，但只要博留在家里，我们就不会费事去锁门。我会带他去两英里远的一个朋友家，在那儿玩到凌晨一两点钟，然后穿过漆黑、空无一人的街道走回家。博能感觉到潜在的危险，你可以从他的紧张、他的高度警觉中看出来；他就像是一名穿着毛皮的战士；他的头竖得高高的，就像是战士的枪一样。他不止一次地把一个站在街角或大楼门口闲逛的家伙吓得魂飞胆丧。（我应该说，那些年里，我认识的住在那一带的人当中，鲜有未遭遇过抢劫、入室盗窃或更糟的情况。）在博轰鸣般的吠叫和咆哮中，在他在我和任何他认为是威胁的东西间（这包括任何盯着我多看了几眼的陌生男子）表现出的姿态中，在他会保护我——如果必须，他会拼死而上——这一认知中，有某种不可否认的令人激动的东西。这就是我喜爱他的部分原因。

还有，回到原先的话题，我喜欢我们吸人眼球的方式。

但是，现在情况不一样了。城市已经安静下来，街道也安全了，而且，我也不再会深更半夜地在外面游逛了。凌晨一两点我都睡着了。我不需要保护。我不需要一条到处惹是生非的狗来保护我。我不想让阿波罗觉得他必须对任何人又叫又吼。我不想让他担心。我不想让他焦虑。我想让他感觉到，无论我俩去哪儿，我们都绝对安全。我不想让他成为我的保镖。我不想让他成为我的一杆枪。我想让他情绪冷静。我想让他成为“快乐狗先生”。

住在我楼上的那个女人说，他想念你。

下课回家，我在电梯里碰到了她。

意思是：阿波罗又在吼叫了。

他必须把你忘记。他必须把你忘记，然后爱上我。这就是必须发生的事情。

第五章

“你看过关于藏獒的介绍吗？”

我还真在《纽约时报》上读过那篇文章，于是我就说看过，但是，那女人太需要发泄了：她不管不顾地讲了这个故事。

就在几年前，在中国，藏獒是一种身份的象征，一件平均售价20万美元的奢侈品；如果怀孕肚子里有小狗，据说售价超过了100万。当这种狂热达到巅峰时，越来越多的狗是由贪婪的饲养者繁育出来的。随后，狂热过去了。价值太低，吃得又太多，这种大型的、有时很难控制的狗不再为人所需要。接下来出现的情况是：大规模的遗弃。狗被塞进卡车运走，在卡车里他们受尽折磨，好多都死了。屠宰场。

说真的，这个故事我不需要听第二遍。

这个女人出去遛狗时我们经常碰到；她养两条杂种狗，

很温顺的，是一对母女。从这篇新闻报道开始，她进入了她的长篇大论——这也是她以前就对我讲过的——关于狗类繁育的弊害。杂种狗是大自然赋予的，杂种狗是应该存在的物种。但是我们都有些什么呀？白痴柯利牧羊犬、神经质的牧羊犬、凶残的罗威纳犬、耳聋的斑点狗，还有拉布拉多，镇静到你可以拿着枪对他们射击，他们也不会怀疑有什么危险。裹着毛皮的植物人狗、瘸子、笨蛋、心理变态者，要么就是皮包骨头或者一身肥肉的狗儿。这就是当你繁育的狗具有人们想要的特性时你所得到的样子。这应该是犯罪。（我以为这女人一定是疯了，她说波音达猎犬发现猎物时，身体会保持特定的姿势向猎人指示猎物所在，然后就动不了了；可是这怪异的事情居然是真的。）

想到50年或100年后的情景，我就不寒而栗，这个女人说，看上去真的很忧郁的样子。不过，到那个时候，她补充说，整个地球都已经毁灭了。随后，也许是这种想法让她感到安慰，她带着她的俩串串走开了。

我留在原地想着藏獒。除了它们庞大的体型和鬣毛令它们看上去有点儿像狮子，它们还以极其护主和忠诚而闻名。所以，当主人让繁育出来的具有这样特性的狗被成群赶上一辆卡车运走时，它们会有什么样的感受呢？犬类理解背叛吗？我认为也许不理解。我认为藏獒在去屠宰场的路上，脑子里想的首要问题是：现在谁来保护主人呢？

插个题外话。有关动物遭受的痛苦，我们真正知道些什么？有证据表明，狗类和其他动物对疼痛的耐受程度比人类高。但它们真正承受折磨的能力——就像它们智力真正达到什么程度一样——仍然是一个谜。

阿克利相信，与人在情感上交融，并试图永远取悦他们，这使得狗的生活长期处在焦虑和紧张当中。但是，它们会头痛吗？他想知道，关于它们，人们知道的不是很多。

另外一个问题：人们为什么总是感觉动物受折磨比人类受折磨更难以接受呢？

以罗伯特·格雷夫斯[1]为例，他对索姆河战役的描写：

死马和死骡子的数目令我震惊；人的尸体也就算了，但是把动物拽进这样的战争似乎是不公正的。

为什么奥运会运动员、美国空军飞行员路易斯·赞佩里尼在第二次世界大战期间对他在日本的战俘经历的所有

1 Robert Graves（1895—1985），英国诗人、小说家和评论家，参加过索姆河战役（1916）并受重伤。

可怕的记忆中，最无法摆脱的是一个看守折磨一只鸭子的情景？

当然，列举的每一个例子当中，折磨都是由人的行为造成的，在鸭子的例子中，这纯粹就是虐待行为。但是，动物不是一直任由我们摆布吗？我们对它们的同情，难道不是与我们的理解即动物本身是无法知道它们痛苦的原因有关吗？（这一事实使得一些人坚持认为动物一定比人类遭受更大的折磨。）我相信，你对动物的怜悯程度与该动物引起你对自己的怜悯程度有关。我相信，人们终其一生都一定牢牢记住了早年的时光，那段时间，我们一半是动物一半是人类，那种无助、脆弱和无言的恐惧令人不知所措；本能告诉我们的对保护的渴望触手可及，如果我们能大声喊出来，那该多好啊。纯真时光是我们人类经历过然后留在身后的东西，无法回去。但是，动物从生至死都是这个状态，看到以残忍虐待一只鸭子的方式来亵渎纯真，这似乎是世上最野蛮的行径。我知道有人对这种多愁善感感到恼火，称之为玩世不恭、愤世嫉俗和不通情理。但是我相信，等到哪天我们不再有能力去感受，对每个活着的人而言都将是可怕的一天，我们滑向暴力和野蛮的速度只会更快。

有人问起我为什么不再养猫的时候，我一直没说实话，因为这和我养过的一只只猫怎么死的有关。饱受折磨而死。

所有养宠物的人都经历过这种情况。你的宠物病了，显而易见是病了，但是，是什么问题，怎么了？它说不出来。

一种无法忍受的想法是，你的狗相信你就是万能的上帝，相信你有能力中止疼痛，但出于某种原因（他是否惹你不高兴了？）你拒绝这么做。

诗人里尔克有一次说看到一条奄奄一息的狗满眼责备地看了女主人一眼。后来，他把这一经历赋予了一部小说的叙述者：他相信我本来可以阻止事态的发展。现在很清楚，他一直高估了我。而且来不及和他解释了。他就这样一直盯视着我，带着惊讶而孤独的神情，直到生命的尽头。

怀疑：虽然你的猫是傲气又独立的斯多葛主义者，但她却隐藏了事情有多么糟糕的真相。

最后，去兽医诊所、诊断，至少，还算好。手术、服药。（别把那些该死的药丸吐出来啊！）希望。然后，各种疑惑。我怎么知道她是不是痛苦，有多痛苦呢？我是不是自私了？她是不是宁可死啊？

那几年里，我在那儿，几次，太多次，抱着猫，兽医向我保证，猫会安详地死去。我的母亲也在场，她说，那个小宝贝一直躺在我的怀里，一直到最后，一直在呜呜地叫着。（我知道：那只是猫通常发出的声音。）

我上一次养的两只猫死了一只后不久（在我怀里，不过没有发出呜呜的叫声）——这只猫和我一起生活了20年，比我和任何人一起生活的时间都长——活着的那一只也病了。她在房间里走来走去，一刻也无法停下来。想象一下：一只不眠不休的猫。她想吃东西，她尝试着吃东西，但是，她无法吃。她的声音也变了，总是同一种困惑不安而不容回绝的喵喵叫：救救我，你为什么不救我啊。

超声波检查显示有个肿块。兽医是个温柔的年轻女子，穿着一身让人心安的玫红色的外科手术服，她说，我们可以动手术。但是，考虑一下她的年龄。我的确考虑了，还考虑了她已经受的罪，而事实是，她已经19岁了，可能无法经受这场手术。另外一个选择，兽医说，就是让她长眠。

阿克利是多么讨厌这个“不诚实的”委婉语啊。但是，他的用词——摧毁——用在一个有感觉的生命体身上，在我听来一直怪怪的。而且，无论他或别的什么人，从来没有直接用过杀那个字。我找人把我的狗郁金香杀了。我把我的猫带到兽医那儿把她给杀了。把那可怜的东西杀掉会更好。没有希望了，她必须给杀掉。如果我们不能给它们找到家，它们全部得杀掉。

你想陪着她吗？

当然。

打两针，兽医解释说。第一针是让她镇静下来……

第一针出了问题。涉及脱水以及脱水对静脉的影响。而这个时候，本来一直非常安静的猫警觉起来。她伸出一个爪子碰碰我的手腕。她抬起那晃晃悠悠地支撑在脆弱的脖子上的头，用怀疑的目光瞪了我一眼。

我并不是在说这是她说的话，我是在说这是我听到的：

等等，你这是在犯错误。我并没有说我希望你杀了我，我说的是我希望你让我感觉好一些。

兽医此刻显然很是慌张。我还没来得及开口说话，她猛地抱起猫然后朝门口走去：我马上回来。

我们是在一家很大、很繁忙的医院，里面有很多不同科室的病房。我不知道她去哪儿了。

十分钟后她回来了。她把猫放在桌子上，死了。

你想陪着她吗？当然。

我脱口而出：你都做什么啦？

我听说过一项研究，这项研究结果表明，猫和其他很多动物物种不一样，它们决不原谅。（也许，就像作家一样，据我认识的一位编辑说，作家决不会忘记一次别人对他们的怠慢。）

也许这次更内疚，因为在我养过的所有的猫当中，这一只是我最不喜欢的，她总是一副高冷的样子，不让我搂抱她，也不让我把她放在我的大腿上，但是等到我睡着了，她就会悄悄地溜过来爬到我的胯部。现在，她成了我无法停止思念的那一只猫了。我会在公寓里某个地方发现一根猫毛或猫胡须，也会再听到她最后几天里那嘶哑、狂暴的喵喵声。不，我不想再养猫了。我再也不想看着另一只猫死去，饱受折磨而死。更不用说另外一件焦虑的事了：如果我真的又养了一只猫，如果我先死了，它怎么办？

这样，也许我就不会成为一个养猫老太太了。我很高兴，在互联网时代，恢复了古老的猫神崇拜，这个标签正在去其污名。一位住院医师告诉我，他在精神科轮转期间曾被教导，家里养很多猫的人可能是患有精神疾病的征兆。想到我听说过的那些可怕的动物囤积的例子，我认为精神病专家能够倾听这一特殊领域的声音是一件好事。但是，当我问他一个人养几只猫就算多了，他说三只。

考虑到狗类非凡的嗅觉，我知道，即使已经过去好些年了，阿波罗也能意识到，这栋房子曾经是猫的领地。我想知道：他对此是怎么想的？

有一部匈牙利的电影叫《白色上帝》，讲述的是布达佩斯的狗奋起反抗残暴的统治者的故事。像所有的起义一样，这一次也有一个领袖。他就是杂种犬哈根，一个名叫莉莉的女孩心爱的宠物。家里养非纯种狗的主人必须交税，而莉莉的父亲拒绝缴纳税款，这时，哈根的磨难就开始了。他被扔在了大街上，他试着找到回到莉莉身边的路（莉莉与此同时也在尽一切努力找到他），但都被阻挠了，先是被捕狗者们，然后是一个残暴的家伙，他用最残忍的方法训练哈根去斗狗。直到哈根第一次在斗狗场里咬死了另一条狗，他才明白，不仅仅是他做了什么，还有别人对他做了什么。他逃过了驯狗员的追捕，但很快就被捕狗者套住，并被拖到了狗收容所；他在收容所被归为要被消灭掉的一类。但是，哈根又一次逃脱了，与此同时，还解救出数量众多的其他的狗，他们跟随其后横扫大街小巷。一大群狗狂奔着——有时候是攻击性的——更多的狗加入进来，他们来自这个城市的各个角落：哈根组建了一支狗的部队。他的仇家被一个接一个搜查出来，并被凶残地咬死。至此，曾经温顺的哈根已经彻底改变，但是，当他最终与莉莉在屠宰场——莉莉的父亲是该屠宰场的肉类质检员——的院子里再次相遇时，他张嘴露齿咆哮着。她毕竟属于人类——而她的父亲，那个引发了这场战争的人，就和她在一起。哈根的四周站列着他的队伍，个个都做好了攻击的准备。惊恐万状的莉莉此时回忆起哈根曾经很喜欢她对他吹小号（她在学校管弦乐队吹奏的乐器），以及小号给他带来的抚慰作用。她从背包里拿出小号开始吹奏。哈根平静了，趴了下来。然后，其他的狗也都安静地趴了下来。莉莉继续吹奏着，延续着这和平的时刻。

结局并非皆大欢喜，因为，我们知道，当然，狗的结局是命中注定的。但是，他们已经报了仇。

很容易就能明白为什么很多人——包括我自己，在一位中学英语老师纠正我之前——都相信有人曾经说过的话，音乐能抚慰野兽。

音乐具有抚慰狂暴心灵的魔力，这真的是剧作家威廉·康格里夫[1]写的。但这是我们神话的一部分：一头被音乐安抚或驯服了的野生或者说愤怒的动物。这是有道理的，因为我们都知道音乐是可以影响人的情绪的。

在《白色上帝》中，一条狗处死前被关在一个房间里，屋子里一台电视上播放着老动画片《猫和老鼠》中的一集《猫的协奏曲》,片中汤姆在演奏李斯特的《匈牙利第二狂想曲》。

我不知道演奏的音乐是不是真能抚慰狗的心灵，但是，在网上，我在治疗犬类抑郁症的众多建议中看到了这一条。

（你在写一本书吗？你抑郁吗？你在找一只宠物吗？你的宠物抑郁吗？）

但是，什么样的音乐呢？

我曾经养过一只兔子，我随便他在屋子里到处跑。客

1 William Congreve（1670—1729），英国剧作家，英国风俗喜剧的杰出代表。本书作者提到的这句话出自康格里夫唯一的悲剧《悲伤的新娘》。

厅里有一套立体声音响设备，两个大音箱就放在地板上。音乐声一响，兔子就会走向一个音箱，在那儿一动不动。通常他会静静地趴在那儿，听着，或者他会开始梳理自己的耳朵。但如果我播放巴赫的《羊群安详地吃草》，他就会站起身，在房间里欢蹦乱跳。

什么样的音乐呢？欢快的？轻松悦耳的？快节奏或者慢节奏？《匈牙利第二狂想曲》？来一曲舒伯特的怎么样？（哦，也许不是舒伯特，他的钢笔，用阿沃·帕特[1]的话来讲，一半是墨水，一半是眼泪。）迈尔斯·戴维斯[2]的《婊子佳酿》怎么样呢？（我知道这些都是愚钝地将动物拟人化，但有时，这就是爱采取的形式。）

我给他播放迈尔斯·戴维斯。我给他播放巴赫和阿沃·帕特。我给他播放普林斯[3]、阿黛尔[4]和弗兰克·辛纳屈[5]的曲子。还有莫扎特，莫扎特的很多曲子。

---

1 Arvo Pärt（1935—　），爱沙尼亚作曲家。
2 Miles Davis（1926—1991），美国小号手、爵士乐演奏家、作曲家、指挥家，20世纪最有影响力的音乐人之一。
3 Prince（1958—2016），即普林斯·罗杰斯·内尔森，美国流行歌手、词曲作家、音乐家、演员，以全面的音乐才能、华丽的服装及舞台表演著称。
4 Adele（1988—　），即阿黛尔·阿德金斯，英国流行歌手。
5 Frank Sinatra（1915—1998），美国歌手、影视演员、主持人。

所有这些音乐似乎对他一点影响也没有。我认为他并不在听。如果他在听，我认为他并不喜欢。

另外，我记得我读到过一篇文章，是关于对一组猴子的实验：要求他们在听莫扎特和摇滚乐之间做出选择时，他们选择了莫扎特，但他们在莫扎特和无声状态之间做选择时，选了无声。

《白色上帝》的灵感部分来自小说《耻》。戴维·卢里在丢了教职后，放弃了在开普敦的生活。他躲避到东开普省的一个村庄，他的女儿露茜在那里有一个赖以维持生计的小农场，他最终就在那儿的动物收容处干活。对于为数众多的遭人遗弃的狗的命运，露茜说：他们尊敬地把我们当神来对待，而我们回报他们的却是把他们当成物件。

物业管理办公室给我来了一封信，上面说，他们已经注意到我违反了租约。我必须立刻把狗带离该处所。否则的话——

这狗的身上是不是发生什么倒霉的事情了？

第六章

一个学生（我会称之为卡特）说另一个学生（我会称之为简）的故事：这个故事的问题是，里面的主人公不像是一个故事里的人物。她更像是现实生活中的一个人。

他说了两次，因为我走神了，因此我不得不请他再说一遍。

你是在说这个人物太真实了吗？我问道，尽管我知道卡特就是这个意思。

我们谈论的这个人物是一个红头发、绿眼睛的女孩儿，她和一个金发碧眼的女孩是闺蜜；红发女孩儿后来才发现，金发女孩刚刚甩了的家伙居然成了自己的新男友。男友的眼睛和头发的颜色没有具体说明，但对他的描述是高个儿。后来，另一个学生，我称之为薇薇，她会说她想知道这个女朋友是不是也是高个子。为什么这一点很重要呢？我问，掩饰着我的恼怒（对薇薇来说，很多事是无可奉告的，她讨厌别人要求她解释，会性子暴躁地回敬对方，我就不能问问吗？）。

有一些事情我也想知道。比如，当这两个女孩想交谈交谈时，她们为什么总是上车、开车到对方家里去呢？为什么她们从来就不打电话，甚至都不发短信先确定对方是不是在家呢？为什么她们不知道从脸书上很容易就能获悉有关对方的事情呢？

这是学生小说最大的困惑之一。我曾看到有文章说大学生花在社交媒体上的时间每天长达十个小时。但对于他们所写的人——大多也是大学生——互联网则几乎不存在。

手机不属于虚构的小说，一位编辑曾在我的一部手稿的空白处这么训斥，从那以后——如今二十多年过去了——我对充满科技的现实生活与没有科技的小说之间的脱节感到惊讶。

如果有人能解释这个问题，我曾经想，那一定是大学生。但他们没有提供多少帮助。最有趣的回答来自一个研究生，她碰巧是一个5岁孩子的母亲。无论什么时候她给儿子念一个故事，她说，他就会不停地打断她：他们什么时候上厕所呀？妈妈，他们什么时候上厕所呀？

有一些事情我们在现实生活里一直在做，但我们并不将它们写进小说中：有道理哦。但是，没有人会每天花十个小时去上厕所啊。

想想库尔特·冯内古特的抱怨：把科技排除在外的小说对生活的歪曲，就像维多利亚时代把性排除在外对生活的歪曲一样糟糕。

但那是另外一个谜。我认识的一位老师就是这样描述工作坊故事中的一个个人物的：头脑中空空、两腿间也空空。该老师在工作坊时间比我长很多，快要退休了。他告诉我，情况并不总是这样。

我记得曾经还是有大量的性内容的，他说，其中很多性行为还十分变态。现在人人都害怕冒犯别的什么人，引发什么事。不过，我们应该心存感激。如今，你在班上谈论性是会惹上麻烦的。

我还认识一位先生，他在一个女子学院任教；他因为把“你的第一次性经历”列在推荐的写作技巧清单上而惹上了麻烦，招致一些女性投诉。根据院长的意见，这个老师所做的可能会被——哦，已经被——视为一种性骚扰。

我上过学校一门必修的在线课程——《两性关系中的行为不端知识培训》，我目睹了这样一个事实：任何涉及性行为的口头或书面的表达，包括暗示性的开玩笑或漫画，或关于自己或他人性生活的随意的聊天，都列在《两性关系中的行为不端》这一标题下，属于一类。这对写作工作坊来说，似乎也毫无例外。我布置了写一篇小说的作业，要求其中要包括一个窒息式自慰的场景，我对此还有点担心；但是我的学生根本不理解。于是我便开导他们，随后就担心也许我不该这么做。

虽然我承认我只是浏览了教材的大部分内容，但是，当我看到最后的"知识测试"部分，（"除了测试者，没人会看到结果"，）十道题还答错了两题的时候，我感到很惊讶。我得到的建议是回去再把相关的章节更仔细地看一遍。但是，为什么要这么麻烦呢，因为我现在知道，是的，如果我知道有老师约会学生的情况，我被要求立刻报告；还有，虽然我没被要求但也被强烈建议，去举报一个讲黄段子的同事，即使这个段子并没有冒犯到我。

卡特说，我正在说的是，我认识这个女孩。我可以确切地告诉你她长什么样子。

怎么会呢？关于这个女孩的长相，我唯一能告诉你的就是简说过的内容：眼睛的颜色、头发的颜色——通常学生用来描述一个人物的方式，就好像一部小说就是一张类似驾照那样的身份证明。这种情况极为普遍，以至于我开始认为学生们一定觉得，过多地谈论某个角色是粗鲁无礼的，是侵犯隐私，最好是尽可能地谨慎——也就是说，无明显特征。例如，一个学生描写卡特的时候会说他的眼睛是棕色的，但不会说他脖子上一圈带刺铁丝网的纹身，也不会说他在校园里的星巴克制作了几个小时的意式浓咖啡后，手腕痛，他不停地在揉的样子。他们会提到他那头棕色鬈发，但不会说到，不管天气多么暖和，他几乎总要戴着一顶黑色针织帽。他们甚至可能会忽略那些银元大小的耳扩，我一看到它们就会心惊胆颤。

卡特说，我可以告诉你关于她的一切。

对我而言，这个主角就像我刚从衣袖上刷下来的这缕头发一样苍白乏力。但是对卡特来说，问题并不在于她太模糊，而在于她太熟悉了。

这是他一贯的评论：小说中写那些你在现实生活中每天遇到的人有什么意义？

危险，弗兰纳里·奥康纳称让学生们相互评论对方的手稿是瞎子给瞎子带路。

卡特自己的文学抱负是要成为下一个乔治·R. R. 马丁[1]。他目前正在创作的小说描写了一个个虚构王国之间史诗般的冲突，它们为追逐权力、统治以及复仇而发动了永无休止的战争。不过，与其偶像不一样的是，他不可能因为性暴力场景而受到非议。在他的书里没有强奸或乱伦。根本就没有床笫性事，连女人都很少提及。当班上的人对一部没有任何女主角的长篇小说表示怀疑时，卡特耸了耸肩，什么也没说。但是，当他单独到我办公室时，他告诉我，其实，他的小说里是有女人的。也有性，他说。大量的性事充斥其中。大部分都涉及暴力。有强奸。有轮奸。有乱伦。

我交给工作坊的版本中把这些全都删掉了，他说。

当我问他为什么这样做时，他翻了翻眼睛。

---

1 George Raymond Richard Martin（1948—　），美国作家、编辑、电视剧编剧兼制片人。擅长创作奇幻、科幻和恐怖小说，代表作有《光逝》（*Dying of the Light*）（1978）、《风港的暴风雨》（*The Storms of Windhaven*）（1976），以及《冰与火之歌》（*A Song of Ice and Fire*）系列（后被改编成电视剧《权力的游戏》[*Game of Thrones*]）等。由于马丁作品的辉煌成就，他被《时代》杂志誉为“美国的托尔金”和“新世纪的海明威”。

你是在开玩笑吧？你知道大家会有什么反应的。我的意思是，比如，那些女人吗？我可能会被踢出学校的。

当我说我肯定这样的事不会发生时，他还是不相信。今天他就戴着他的黑色针织帽（哦，他在值什么班呢？）[1]，帽檐拉到了眉毛处，这令他看上去像克鲁马努人[2]。他长长的耳垂令他的耳朵看上去就像是他小说中一个半人半兽的耷拉着的耳朵。

嗯，我不会冒任何风险，他说。但相信我，全都在里面呢。所有那些非暴即黄的内容，他又补充道。这些话触动了我的内心。他注意到了。

不过，如果你想要看，他说，我会给你看的。

我觉得没有必要，我结结巴巴地说，他朝我会意地笑了笑。

我的学生大多数都是这样。我的同事有一些是这样。出版界的人士是这样。如果作家是女性，所有人更有可能是

---

1 watch cap为美军士兵戴的针织御寒帽，也是青年男女流行的配饰。watch有看守、值班的意思，因此亦译“值班风帽”。

2 旧石器时代晚期欧洲的高加索人种。

这样。但是，提到那些你从未见过的作家时直呼其名，而非连名带姓的习惯是从什么时候开始的呢。

布鲁克林的一次图书节活动。我在十四街搭上了2号车。车厢满员。我看到两个中年人，一男一女，坐在我附近，但没有近到能听清他们的谈话。他们的身体语言表明他们是朋友，或者是同事，而不是一对夫妻。我感觉到他们和我是要去同一个地方。半小时后，在大西洋大道站，他们和我一起下了车。这是一个星期六晚上，偌大的车站里挤满了人，我很快就看不见他们了。这次活动是在离这个车站几个街区远的一个大厅里举行。我到的时候直接去了前台，然后就看到他们也在那儿，乘2号车的那对男女，就排在我前面。

这个学期，我和另外一位老师合用一间办公室。她新来乍到，事实上，她刚走上教师岗位。碰巧的是，这个年轻女老师是我几年前的学生。同一个项目，同一所学校。

她有时会在办公室里打坐冥想，空气中弥漫着她点的香烛发出的含羞草或香橙花的味儿。

因为我们不在同一天上课，所以通常见不到对方，但是我们通过发信息或留便条保持联系，而且她有时还很体贴地给我留点好吃的，一块小甜点或一块巧克力或一包烟熏杏仁。有一次，我过生日，她把办公室摆满了花儿。

这个女人学生时期就取得了巨大的成功，她的艺术硕士学位论文，也是其长篇小说处女作，写到一半的时候就有了买家，打包一起卖掉的还有她连影子还没有的第二部长篇小说。第一部作品尚未出版，她就开始获奖了，在她大满贯地一个接一个地获得所有颁发给前途无量者的文学奖项——奖金总额几乎高达五十万美元——之后，她开始在我们中间被称为“未来之星”。

不出所料，她的长篇小说处女作出版后大获好评。尽管如此，而且，尽管它又获得了一个文学奖，但是，这本书还是销不出去。在我们这个小圈子里，“未来之星”依然很有名，她是“斩获所有奖项的那个姑娘”。但是，在稍大一些的范围里，即使是在那些关注新小说的人当中，这本处女作问世两年后，无论是其书名抑或其作者名都不大可能让人听起来耳熟。

这不是什么新闻，也不是什么世界末日。但是，试着告诉“未来之星”，她已经有两年的时间不能创作了。

她原以为教书也许会有帮助，或者至少可以让她做一些有益的事情。当学生的时候，她虽然内向，但依然流露出自信。但是现在当老师了，她反而不知所措。她的年龄和大多数学生差不多大，甚至还比一些学生年轻。她充分意识到自己毫无经验，这表明她严重缺乏显示权威的能力。她的声音又高又细，一说话本能地就会发抖，而且，一着急就会脸红。

她对班上的女生心存怨恨，觉得她们总是跟她过不去，而且她总是从她们那里获得那种“你以为你是谁啊”的感觉，而这种感觉往往是女性传递给女性的，尤其是那些努力进取、野心勃勃的女性。在男生中，已经有三个轻薄她了。其中一人用眼神就成功地将她脱得一丝不挂，结果她发现自己坐在教室里，双臂交叉挡在胸前。更糟糕的是，她发现自己被他深深地迷住了。

有时，她上课前会感到惊慌失措。因此，她会进行冥想，有时辅以苯二氮草类[1]的药物。

“未来之星”被一种恐惧所折磨，即，不仅仅是她再也

---

1 即镇静药安定。

不会写作了，而且她的整个人生都是一个谎言。她至今所取得的一切成就都是一场误会而已。为什么有人要出版她的作品——为什么有人认为她能教书——真是令人困惑！至于那第二部小说，无论出版商给她再宽限多长时间，她明白她永远也完成不了。

“未来之星”整日生活在恐惧当中，担心自己被人揭穿：她不但是个失败者，还是个骗子。拜托大家不要再叫她“未来之星”了，行吗！

告诉她说同样的困惑也一直折磨着其他作家，也许，甚至尤其包括一些最杰出的作家；但这一提醒对她根本没有用。引用卡夫卡对《变形记》评论——“不完美几乎达到其极致”，还是没有用。

有一位和她同一天在学校上课的教师说，有时听到她关着门在办公室里哭泣，有一次是因为她抓狂地在写一份简单的两页长的学生论文报告。

按系里的监督要求我去听了她的一节课，那天，我看到她承认自己被他迷住的那个学生，带着一种温柔而贪婪的表情盯视着她。我没有把我认定的情况——她已经开始与该生有染——写进监督报告里。如果我幸运的话，她不会向我吐露此事，也不会征求我的意见。

将来有一天，我会在某个地方看到这一幕：也许是在一家经营化妆品的商店，或者是在某种沙龙，或者是在我碰巧去作客的一户人家的卫生间里。我会闻到一种特殊的香味儿，含羞草或香橙花香，可是我记不起“未来之星”曾在我们办公室点的香烛，于是，我会一下子反应不过来而不知所措：惊恐得一阵战栗，仿佛我刚刚通过心灵感应得知我认识的某个人遇到了麻烦。

我和“未来之星”共用的办公室对面是今年的特聘客座作家的办公室，但他从未出现过。他没有办公时间要求，还吩咐项目秘书把他的信件转寄到他家，而不是放入他在学校的信箱。他来学校上课时都是直接去他的工作坊教室。很少有同事与他相遇，即便哪天偶遇，他看着对方也仿佛他们是空气。这学期开学前，他吩咐系主任通知大家，他不给别人的书写推荐语。他自己也在上第一节课时告知班上的学生：我不写推荐信。提都不要跟我提。

当你听到这些时，你非常愤慨：当他请我帮他给古根海姆基金会写推荐信时，我就该这么回敬他的。

这学期开学不久，他在巴诺书店举行了一次朗读会。稀稀拉拉没多少听众，但这并没有使他气馁，他读了大半个小时。

在提问环节，当有个人问为什么他的书，形式上极其非传统，却被称为小说，他回答说，因为我说它是小说，它就是小说。

在签名的时候，一个女人敦促他尽快再写一本新书。因为你知道，她真诚地说，根本没什么书可看了。

在巴诺书店。

新闻报道上说：三千二百万美国成年人不识字。1992年以来，诗歌的潜在读者已经减少了三分之二。一个有“租金负担”的女人为自己在纽约将如何生存而发愁，她决定尝试写一部小说（“而且进展顺利”）。

第七章

大夫人侨居国外。她飞到纽约参加追思活动；在她飞回去之前，一天晚上，我和她一起出去吃饭。

“我知道这件事对你来说更糟糕，”她温和地说，“我们结过婚，不过那是很久以前了。分手后，也就什么都没了。没有友谊，没有联系，什么都没了。这事儿必须这个样子。而且，说老实话，起先我认为我都不会去参加追思会。但是，后来我想，你知道，一种解脱。不管那意味着什么。”

如果是自杀，有个人在追思会上说，就不可能有解脱。

“可是你，”她说，“你们俩是多年的好朋友。我对此曾非常嫉妒。我曾经想，如果我和他没有相爱那该多好啊，那样我们就也可以拥有那样的友谊啦！”

但是挡不住啊，不是吗。这么强烈的一场爱情有可能具有一种魔力。其中那种强烈的激情只给予一些人去体验，其余的人去听他们讲述，然后自己去梦想。

即使时至今日，它对我依然有神奇的力量：美丽的、可怕的、命中注定的。

我记得靠近你们俩就像是靠近了一个火炉。我还记得我曾经想，一旦有个闪失，你们中的一个或另一个将必死无疑。你自己也说过你有时感觉像是在做什么被禁止的事情，甚至是在犯罪。她从小就是个天主教徒，深信这种盲目崇拜的爱情是一种罪恶。不过，当然，最终也就是这一点让二夫人彻底绝望：并不全是因为你好色，而是因为相信，这样的爱情一辈子不会出现两次；而且你对她的感情无论如何也无法与你对大夫人的感情相提并论；二夫人一直担心，你的心里还有大夫人。

如果我们没有相爱那该多好啊：她一遍又一遍地说。

“刚才坐出租车来这儿的时候我就在想这事呢。还记得我们当初有多崇拜他吗？记得我们当初全都是他的小迷妹吗？他们那时背后叫我们什么来着？”

“文学曼森家族[1]。”

---

1 Manson Family，美国一个邪教杀人组织，其首领为查尔斯·曼森。

"哦，天啊，是的。哎。我怎么可能忘掉呢。"

记得当时我们如何把你的每一句话都当圣旨，然后跑出去把你提到的每一本书或每一张唱片都买回来。

记得当时我们写出的东西如何全都是对你拙劣的模仿。

记得当时你如何让我们相信将来有一天你会得诺奖。

现在他只不过是又一个死去的白人男子。

他做得很好，我说。他比大多数作家做得都好。

"可是我听说最后这两三年他作品不多。"

不多。

"他看上去很抑郁吗？他谈过这事吗？我不是在打听，这件事一直让我彻夜难眠。他为什么要离职不教书呢？"

我列举你发的各种牢骚，这与每天从其他老师那儿听到的没什么不同：什么连顶尖学校的学生都不知道句子的好坏，什么出版界似乎没有人再在意作品是怎么写的，什么书是如何正在消亡，文学正在消亡，以及作家的名声已坠落至谷底，最大的谜团就是为什么人人都把作家身份当作通往功成名就的门票。

我告诉她，你不再相信小说的意义——而今，一部小说不管写得多么精彩，不管其思想多么丰富，都不会对社会产生任何积极影响；而今，甚至无法想象，当亚伯拉罕·林肯1862年遇到哈里雅特·比彻·斯托[1]时，是什么会让他说出这样的话来：你就是那个写出那本引发这场大战的书的小妇人啰。

如果亚伯拉罕·林肯真的说过那话就好啦。

就是那个时候，我记起了那次采访。

好奇怪竟一时把这给忘了。我此刻想起的那次采访，是一本中西部文学杂志的创刊号做的，可能是你最后一次接受的采访。

你在采访中预测，在作家当中将出现一波自杀潮。

那么你认为什么时候会发生？

不久。

我记得你没有提那次采访，我当时很惊讶；如果不是另外一个朋友将这消息转发给我，我可能就完全错过了。

我当时没有提，是因为我很尴尬。后来我突然想到，这听起来会——多么夸张，多么自怜自艾啊。我事先喝了好几杯酒。

---

1 Harriet Beecher Stowe，即斯托夫人，《汤姆叔叔的小屋》的作者。

我记得当时记者问了一个很平常的问题，是关于读者的：你写作的时候脑子里是否有特定的读者。这让你开始思考作者与读者之间的关系，以及这一关系发生了多大的变化。你还是个年轻作家时，就有人告诫你，绝不要认为你的读者没有你聪明。这一建议你已经牢记在心。你创作时脑子里就有这样的读者，你说，和你一样聪明的人——或者，为什么不可以是比你更聪明的人呢！一个充满求知欲的人，一个有阅读习惯的人，一个和你一样爱书的人。爱小说的人。然后，有了互联网，读到那些真正的读者的反应成为可能；在这些读者当中，你很高兴地发现，有一些人或多或少与你脑子里设想的读者真的吻合。但也有其他人——不止一两个，当你把他们加在一起时有好多个——他们误读了，或误解了你说的话，在某些情况下还相当严重。如果这个读者是一个讨厌这本书的人，那就比较烦人了，不过情况并不总是这样。和其他作家一样，你目前发现自己因为一些事时不时地受到谴责或褒扬；而那些事从未在你身上发生过，那些话你也从未说过且永远也不会说，况且那些话所表达的观点与你事实上认为的大相径庭。

你说，所有这一切让你感到震惊。因为，尽管你知道自己应该为每一本售出的书感到高兴，而且，你也知道你应该对每一位读者心存感激，毕竟，他们选择去读的书可能会是其他数百万本书中的任何一本，而不是你的这一本；但是，你的确发现，很难为一个张冠李戴、把丝瓜缠到豆蔓里的读者感到高兴。你的确会宁愿这样的读者尽快忽略你的书，去读别的东西。

但难道不是一直都是这样的吗？

毫无疑问。但是，在过去，作家没有必要知道，问题不会就摆在你面前。

可是，“要相信故事而非讲故事的人”这一说法怎么样，还有，批评家的工作是怎样把作品从作者手里拯救出来的呢？

你知道，所谓的“批评家”，劳伦斯并不是指自封的。我很想看到从作者手里拯救了一本书的消费者评论。

唉，如果我能在这里唱唱反调就好了：比如说，我邀请某人吃顿饭，给他们做了顿美味的炖牛肉，他们狼吞虎咽吃完后说，哇哦，好吃，这是我吃过的最好吃的炖羊肉！那又怎样呢？最主要的不就是他们很享受这道菜吗？

哦，我们是在谈吃饭吗？嗯，我这么说吧：如果我写的是牛肉这个词，而有人执意念成羊肉，我可不会淡然处之。人们谈论某一本书，好像它只是另一件东西一样，比如一个碟子，或者一件诸如电子设备的产品或一双鞋子，要对消费者满意度进行评价——那才是他妈的问题呢，你说。即使是针对那些志向高远的作家——你的学生似乎也从不以一本书是否能很好地实现作者的意图来评判它，而仅仅是看它是否是他们喜欢的那一类书。因此，你会收到这样的论文，上面写着诸如此类的句子："我讨厌乔伊斯，他太自以为是了",或者"我不明白我为什么必须阅读关于白人问题的书"。你的读者评论也很伤感情，言下之意是说如果一本书不能肯定读者已经感受到的东西——他们能认同的，能与他们有关的——作者就根本没有理由写这本书。那些人们喜爱，也愿意分享的令人捧腹的故事——一个读书俱乐部会员说，我看一部长篇小说的时候，希望里面有人死掉；对安妮·弗兰克的日记的抱怨则是，日记里啥事儿也没发生，然后故事突然就结束了——根本就没让你发笑。哦，你知道的，很多人，包括其他作家，都会指责你矫情。有人会说，毕竟，一个艺术家知道他的作品失败的一个确定的方法就是，是否人人都"理解"它了。然而，真相却是，你已经对无处不在的漫不经心的阅读倍感沮丧，于是你认为永远不会发生的事情现在发生了：你开始不在乎别人是否读过你的书。尽管你知道这么说会遭到出版商的蔑视，但是，无论是谁说的，你都会同意这一观点：一本真正的好书不会拥有超过三千名读者。

“哦，天啊。”大夫人说。

采访临近结束时，你谈到了导师与教学的话题，猛烈抨击了禁止师生恋的新规定。

这一把大学变成安全之地的概念，真是一派胡言。如果生活最重要的事情就是让每个人都感到安全，那么设想一下吧，所有那些奇妙的事情都不可能发生了——所有那些伟大的东西都决不会被创造或发现，甚至不会被想象出来了。谁会希望生活在这样的一个世界里呢？

“哦，天啊，哦，天啊。”

这次采访中我以前唯一没有听到过的是关于自杀的那部分。

我事先喝了好几杯酒。我要求采访播出前让我看一遍，被告知当然会的，但是，那个混蛋从没发给我看。

我告诉大夫人关于女学生的那个插曲，她们不会被称为亲爱的。有些事我没有告诉她，这是又一件我本已遗忘但刚刚又回忆起来的事：接受采访的那天，你心烦意乱，而且你也告诉我为什么了。你怀疑你的经纪人看都没看你的最后一部小说就把它交给了出版商。

我很开心，听说那本杂志要停刊了。那是一本蹩脚的小杂志。

“就是这件事一直让我彻夜难眠，”大夫人说，“我读到的那些东西讲的是，在那些自杀未遂的人当中，几乎所有人都说他们后悔自己的自杀行为。就像跳楼自杀者说的，他们一跳到空中就知道自己犯错了，他们并不真正想死。”

我也听说过这个，不过还听说过另一个故事，来自另一个时代，据说是验尸官从那些投河——我相信是塞纳河——自尽者的尸体中获悉的。那些因爱情而自杀的人都曾尝试着爬出水面。那些因破产而自杀的人则像石头般沉了下去。

越来越老。我们知道这一定是最艰难的事情，和其他人相比，这件事对你尤其艰难。一个曾经可以拥有任何他想要的女人的男人。拥有把他的每一句话都当圣旨而且相信他能得诺奖的一众迷妹。

即使只是一群像我们这样愚蠢、迷恋他的女孩子。

我们开始引起旁人的注意了。两个女人面对着一桌子菜，俯身手拉着手，时不时地用餐巾擦拭着眼睛。

后来，当她在Skype上第一次看到阿波罗的时候，她说："我的天哪！我不敢相信他们竟然把这样一个怪物丢给你。难怪没人要他。"

我皱眉蹙额。我无法忍受听到阿波罗被称为没人要的。我记得当我提出肯定有很多人想养这么漂亮的一条狗时，三夫人不屑地耸耸肩说：也许，如果他是一只幼犬的话。

"而且，我不明白，如果这意味着要让你失去住所，他怎么还能指望你收养他。"

"我肯定，要么是我从未告诉过他我不能养狗，要么就是他忘记了。"

"但事实是他并没有问，甚至从未跟你说起过这件事，好像你在这件事上没有发言权似的。我无法想象他是怎么想的。"

但是我能。因为我已经想象过多次：在所有你肯定会面对的问题中，其中的一个是：这条狗将来会怎么样。

我还知道另一起自杀事件，在狗主人自杀前处理的最后的事情中就有把她的狗带到了狗收留所。一个不忍想象的告别。

并不是说你立下了字据：像大多数自杀事件一样，你没有留下片言只语。你数年前立的遗嘱也未作任何改变。但是，你确信你妻子知晓。

她一个人生活，她没有伴侣也没有孩子或宠物，她大多数时间都在家工作，而且，她喜爱动物——这些都是他说的。

也许，在某个时刻，你的确考虑过要和我讨论这个问题，也许你甚至打算这么做了。但是后来。有人告诉我，自杀者往往随意地选择自杀的时机，他们的心境是：要么现在就自杀，要么永不自杀，即便是耽搁一下匆匆告个别，也可能意味着一下子就失去了勇气。（犹豫的人还有一线希望。）

也许你在担心，如果我们之间真的有过这方面的交谈——如果你死了，你的狗会怎么办——我可能会猜测，或者至少会怀疑，你在考虑什么事情。

我告诉大夫人阿波罗现在的年龄，属于这个寿命不长的品种中的老龄狗，兽医判断也许还有两年的时间；听了我的话，她说："那样就更糟了。也许，如果他是一只幼犬，我还能理解。但是，对那么大体形的一条老狗你该怎么办？等他年迈体弱的时候，你打算怎么照顾他呢？”

这个想法，以及后面所有可能的极其严重的后果，我当然都已经想过了。

“我不知道，”她说，“我觉得整个情况都有点儿疯狂。”

哎。自从听到你的死讯，难道我不是经常觉得自己处在半疯癫状态吗。一开始,有几次我发现自己身处一个地方，却不记得自己是怎么到那里的；还有几次我要离家出去办事，结果却忘了要办什么事。我有一天去上课，却没带备课笔记；没有备课笔记我根本无法讲课。我搞混了和几个医生预约的时间，然后就跑错了诊室。为什么有学生盯着我看？我是不是说了什么荒谬的话，或重复了我五分钟前才说过的话？或者根本就是我在想象他们在盯着我看。

系秘书寄来的贺曼慰问卡——丑陋却感人——让我哭上一个小时。

到阿波罗来和我一起住的时候，这样的事情已经不那么频繁发生了。但是，那种虚幻的迷雾依然久久不散。有时我就像真的置身于童话中一般。当人们说,要是你被赶出去，你打算怎么办，你不能就枯坐着等待奇迹出现，我想，但这就是我在等待的东西啊！

我身处一个故事中，里面有个人要接受考验；就是那种一个人遇到一个需要帮助的陌生人——可能是人，也可能是兽——的传说故事。如果这个人拒绝提供帮助，他就会受到严厉的处罚。如果这个人善待那个需要帮助的人——通常是伪装起来的有钱人、王公贵族或位高权重之人——他就会得到奖赏，通常会获得此时已暴露了尊贵身份的那个人对他的爱。

我喜欢这个故事，说的是葛丽泰·嘉宝观看科克托的电影《美女与野兽》[1]的事儿。电影结尾处，魔咒解除了，野兽以演员让·马莱扮演的王子形象出现时，人们听到她大喊道：把我漂亮的野兽还给我！

有时候，出现在这类故事中的会是一条狗。就像那个伊斯兰教故事中，一个妓女送水给一条快要渴死的狗喝，这一行为让真主大悦，于是她所有的罪过都得到了宽恕并获准进入天堂。

“他不是一条小巧可爱的小狗，这不是他的错。他体型

---

1 指让·科克托1946年拍摄的法国版《美女与野兽》。

庞大也不是他的错。而且，这听上去可能有点疯狂，但我却有这种感觉，如果我不养他，就会有某种倒霉事要发生。如果他不得不再搬一次家，他就会引发无数的问题，最终会不得不被人杀掉。而我不能让这样的事情发生。我必须救他。”

大夫人说："我们这是在谈论谁哦。”

这样的所作所为是否疯狂？我是否相信，如果我善待他，如果我对他无私奉献，我是否相信，如果我爱阿波罗——漂亮、衰老、忧郁的阿波罗——我就会在某一天早晨醒来发现他不见了，而你取而代之出现了，死而复生了呢？

赫克托已经把我的事通报给了房东，因此他感觉很内疚。他每次见到我都显得很难为情。

对不起，他说，但是你知道，你知道——

我知道你不得已，这是你的工作。

他是一条好狗，他说。

赫克托似乎很感动，因为阿波罗允许他抚摸他的头，就好像他认为阿波罗一定知道他已经做的事情。

你有地方去了吧？

还没有，但事情总会有转机，我无须假装，愉快地告诉他：我的生活已经变得极其不真实，我几乎没有扫一眼物业管理办公室第二次的通知就把它扔掉了。

真遗憾,赫克托说。这么漂亮的动物。我真的非常抱歉。

这不是你的错。

为了证明我并没有责怪他，我打算今年圣诞节给他的小费比去年多一些。

我无法肯定阿波罗是喜欢被人按摩还是只是在忍受。但是我一直坚持着，让他侧躺着，然后再另一侧，中间停下来对胸部做个按摩。胸部按摩似乎是他最喜欢的。他不喜欢别人碰他的爪子，不过，我内心的恶作剧想法让我一直在坚持。

他已经渐渐习惯了他的新家，也习惯了我。我除了不得不去学校，一般不会把他独自留下。一旦离开他，我脑子里也一直想着他，急切地想回到他身边。他在门口迎我（他是不是一直就在门口等着？），不过，一副垂头丧气的神情，表明他的等待是多么不容易。（他的记忆力有多好？如果非常好，就像传说的犬类的记忆那样，那么，被独自锁在家里会给他带来多大的痛苦啊。以及——令人心碎的想法——

他在门口等候的是否依然是你呢？）

他的尾巴左右摇摆，肯定是摇尾，但是一种渴望的摇尾。永远不会快乐的尾巴，那种大丹犬为人所知的将尾巴来回猛甩的样子（足以达到尾巴受伤和家具受损均为常事的地步：这就是很多养狗人选择断尾的原因）。

充气床垫又回到了壁橱里。但事情还没完。他再也没有对我狂吠过，而且，我说下去的时候，通常无须说第二遍。不过，床上还是他想待的地方，尤其是在晚上。（我试着让他考虑把充气床垫当狗睡觉的床，但没起作用。）不管兽医怎么说，我还是看不出有什么必要非要彻底把他从床上赶下去。毕竟还是有很多人允许自己养的狗上床的。有些人甚至在床尾铺一块专用毯让狗睡在上面。如果阿波罗是一只玩具贵宾犬，蜷缩在床尾的专用毯上，那也没什么离奇。为什么当这只狗和人的体型一样大时，他伸展四肢、头枕到自己的枕头上时，情况就不一样了呢？我承认是不一样。但请听我说：当你躺在床上，深更半夜的，一边满脑子信马由缰——比如：你的朋友为什么就不得不死了呢；再比如：再过多久你就会片瓦无存、无家可归了呢—— 一边整个背上有这么一个巨大而温暖的身躯挤压着你，那是多么令人惊叹的惬意啊。

他听得懂所有的指令。

经过一个漫长而糟糕的白天——手机丢了，无精打采地上了课，回到家试图写作未果——当天晚上，阿波罗动弹一下，开始要起身下床，这时我听到自己说：留下。

我已经注意到，某些朋友在回避我，我忍不住想，至少部分是因为他们担心不久的某一天，我会带着阿波罗、拎着手提箱，出现在他们家门口。

非常同情我处境的那个朋友打电话来问我的近况。我告诉他在尝试着用音乐和按摩治疗阿波罗的抑郁症，然后，他就问我是否考虑过找一个治疗师看看。我告诉他我对宠物精神病医生持怀疑态度，然后他说，我不是那个意思。

学期结束。我告诉家人，我不能回家和他们一起过圣诞节。在新学期开学前一个月的假期里，我几乎不用和阿波罗分开。即使在最寒冷的天气里，我们也出去一直遛、一直遛。我们喜欢寒冷的天气。我们喜欢冬天的这个城市。人行道上会多一些活动的空间。少几个伸长脖子呆看的人。即使滴水成冰的日子，阿波罗也不大会停下来休息一下。

来自物业管理办公室最后的警告。我突然想到我也许可以尝试和房东谈谈。谁能说他就是一个残酷无情的可恶之人，而不是一个有怜悯心的人呢？为什么不可能是一个圣诞节奇迹呢！至少，我可以求他再容我点时间。

我给大楼主管打电话，问他要人在佛罗里达的房东的电话号码。

我们不会把他的电话号码给人的，他说。

十二个作者——六男六女——裸体摆拍照片制成挂历。电子邮件邀请函力劝我不要错过这个独家优惠：每位作者签名的限量版，现在预售。

我心里咯噔一下，回忆起一次专题讨论；其间有人提出了尊严及其在文学界地位下降的话题。看吧，你说，接下来就会是作家的裸照了。满屋的人都哈哈大笑，就你面无表情地坐着。

新年前夕。我待在家里——很少有的第一次——看《生活多美好》。我没有打开一个学生为了感谢我为她今年申请的三十多个美术硕士项目写推荐信而送给我的那瓶香槟酒。

非常同情我的处境的那个朋友组织了一次干预。接下来的那个星期：各种各样的人接二连三地给我打电话、发信息，有些人我已经好几年没有他们的消息了。

他们不希望看到我流离失所无家可归。他们希望我恢复理智悬崖勒马。我需要一种更好的方法来处理我失落和内疚的感情。我需要丧亲之痛心理治疗。这些是医生的姓名。我应该考虑药物治疗。这些是对你的症状有效的药。还有书。有网站。有支援群体。遁入一个幻想的世界、离群索居、终日都和一条狗待在一起是治不好我的病的。有一种现象叫做病态悲伤。有人因病态悲伤会出现奇幻的想法，这是一种精神错乱。他们一致认为，我就是患了这种病。

大家主动提出了各种各样慷慨的帮助，但是没有一个人自愿来照看这条狗。

随后，二夫人，所有人中唯一的一个，也只是说：我有个小孙子，他很喜欢狗。有这么大一条可以骑的狗，他会很兴奋的。

这样所有问题就都解决了，大夫人说。

我说你永远也不会原谅我的。二夫人居然提出要帮忙，这难道不可疑吗。

“你什么意思？我原以为她只是想帮个忙。”

“帮忙？这个女人一直恨我，几乎和她恨你的程度一样。我永远也不会相信她的。只要记住那场婚姻是什么样子：充斥着愤怒、痛苦及怨恨。我不会放心阿波罗在她身边的。”

女人是危险的，她们不惜一切代价且绝不放手。

大夫人认为我这是过分多疑了。但事实上，这类事情并非闻所未闻啊：有人要报复一个人，就对他无助的孩子或宠物下手。

你永远也不会原谅我的。

“那你打算怎么办？你不能就枯坐着等待奇迹出现。”

但这就是我在等待的东西啊。

第八章

经常有人给作家提建议：把你的草稿大声念出来。我通常懒得理会别人的建议。但是，最近这些天，只要能让我在书桌前多待些时候，什么办法我都愿意尝试。我拿起我刚刚打印出来的几页开始念。我听到身后的阿波罗——原先一直在沙发后面睡觉——站了起来。他快步走到书桌边（我坐着的时候我们差不多四目相对）盯着我看，仿佛我在做一件多么了不起的事一样。或者，也许，尽管我们今天已经走了很长的路了，但他又想出去了。

当我念到一页的最下面一行时，我停下来思考。阿波罗用他的鼻子拱我。他叫了起来，声音很低，就叫了一声。他向前走了一步，向右迈了一步，又后退了一步，同时头昂着左右晃动：这是他表示他妈的搞什么呀的方式。

他希望我继续念下去！不管是不是真的，我都接着念了。不过，很快我就停了下来。

把你的句子大声念出来，人们这么建议，然后你就会听到那些听上去不对劲的地方、行不通的地方。我听到，我听到。听上去不对劲的地方、行不通的地方。我听到。

和我自己默念这些句子时没有什么不同。

我双臂交叉放在写字台上，把自己的脸埋在其中。

拱。汪。我调转头。阿波罗的目光深沉，那对不匹配的耳朵看上去像刀片一样锋利。他舔了舔我的脸，又做出跳恰恰舞的动作。他摇着尾巴，我无数次地想，这对一只狗是多么沮丧的事啊：要想让人类理解你真是困难重重。

我从椅子上挪到沙发上，阿波罗皱着眉头看着。我一落座，他就过来坐在我面前。四目相对。狗看到人哭的时候会怎么想？他们被驯养成安慰者，他们会安慰我们。但是，人类的不快乐一定令他们极为费解。我们可以随时把盘子装满食物，想装多少就装多少；我们可以想什么时候出门就什么时候出门，可以自由自在地奔跑——我们没有始终需要去取悦或去服从的主人——他妈的搞什么呀？

从茶几上的一摞书当中，我拿起里尔克的《给青年诗人的信》，这是我一门课的指定书目。我打开书开始大声朗读。读了几页后，阿波罗露出了半张着嘴的笑容，这笑容在其他狗的脸上屡见不鲜，但在他脸上却极其罕见。我这边在念着，他趴下伏在地上，倚着我的小腿，压在我的脚上。他把头搁在两个爪子上，我每次翻书页的时候，他就瞟我一眼。他耳朵的状态随着我的音调的变化而改变。我想起了我的宠物兔曾弓着背趴在立体声音箱边上。不过，我给阿波罗放音乐听，他从未显示出喜欢听，从未表现出像现在这么觉得有所慰藉——不是因为音乐，不是因为按摩。

于是，我继续念——吐字清晰、声情并茂，就仿佛我是在念给一个能听懂每一个字的人听。我发现这样也有抚慰作用：一边是我朗读的抒情散文，一边是压在我腿脚上轻轻起伏的重物的巨大的温暖。

我对这本小册子很熟悉：是里尔克写给一个学生的十封信；这个学生在里尔克自己只有27岁的时候写信给他寻求建议。第八封信包含了他关于美女与野兽神话的著名的见解：也许我们生活中所有的龙都是公主，她们只是等待着看我们行动，只要一次，优雅而勇敢地。也许一切令我们恐怖的东西在其最深层的意义上都是无助的，都希望得到我们的爱。这些话经常被人引用，或被改述，包括最近在电影《白色上帝》的题词中：所有恐怖的东西都是需要我们去爱的东西。

提防讽刺，忽略批评，注意简单的东西，研究大千世界渺小和卑微的事物，做难做之事、明知山有虎偏向虎山行，不寻找答案，而是喜爱那些问题，不要逃避悲伤或沮丧，因为这些对你的工作可能是非常必要的条件。寻求孤独，最重要的就是寻求孤独。

我经常看里尔克的建议，已经对之烂熟于心。

我第一次看这些信件时——和里尔克写这些信时差不多大的年纪——我觉得这些信就像写给它们的收信人一样，差不多也就像写给我的；里面所有那些令人赞叹的建议适合任何一个希望成为作家的人。

可是现在，虽然这些文字可能会让我觉得比以往任何时候都更优美，但我读起来却不免有些不安。我无法忘记我自己的学生，他们根本没有感受到年轻诗人在上世纪最初的十年间收到这些信时的感受。他们没有感受到75年后，你布置我们读这本书时我们的感受；开出的书单同时还包括里尔克的自传体小说《马尔特·劳里茨·布里格手记》。他们没有感受到里尔克是在对他们说话。相反：他们指责他排斥他们。他们说，这一说法——写作是一种宗教，需要牧师般的奉献——是个谎言。他们说这样说是荒谬的。

我告诉他们里尔克之死的神话：人们传说他致命的疾病是在他的手被玫瑰刺戳破后发作的——那朵迷住了他的花儿，也是他作品中极为重要的一个象征——他们听了哼哼一声，还有一个学生笑到停不下来。

曾经有一段时间，年轻的作家们——至少是我们了解的那些——相信，里尔克的世界是永恒的。我同意我的学生们的观点，认为那个世界已经消失了。但是我在他们这个年龄时，不会想到它会消失，更不用说在我有生之年内消失了。

没有什么比里尔克的声明更令人焦虑的了；他宣称，一个觉得没有写作也能生存的人根本就不应该写作。我必须写吗？这个问题是他命令那个学生在你的夜晚中最静谧的时刻扪心自问的问题。如果禁止你写作，你会死吗？（这些话嘎嘎小姐[1]牢记在心，或者至少牢记在二头肌上，她把这些话的德文原文纹在了她的二头肌上。）

我们必须彼此相爱，否则只有死亡，另一位诗人[2]曾经

---

1 即Lady Gaga。
2 指W. H. 奥登和他的诗《1939年9月1日》。

用这一行结束一个诗节；而这首诗后来成为世界上最著名的诗之一。但是《1939年9月1日》的作者开始鄙视这首诗，并对这一行中明显的谬误感到极为困扰，在允许这首诗重印收入诗集时，他坚持要对它进行修改：我们必须彼此相爱，然后死亡。再后来，仍然心存疑虑，虽然作了修改，他还是彻底放弃了整首诗——在他看来，这首诗已经糟糕到无可救药的地步。

我想起了奥登的这个故事。

我想起了有一段时间，你和我都相信写作是我们这辈子可以希冀去做的最美妙的事情。（世上最好的职业。娜塔丽亚·金兹伯格。）

我想到你是如何开始对你的学生说，如果他们这辈子有任何别的事情能做，而不是成为作家，任何其他职业都行，他们就应该从事那个职业。

差不多是去年的这个时候：我正在清理壁橱。我从最高一层的架子上拽下来几个盒子，里面装着照片、剪报和一些纸质材料，其中有你以前的信件。都是在电子邮件出现之前的信件，我已忘了有多少了。

似乎我那时经常寻求建议。

你想要知道你应该写什么。你担心无论你写什么都会是微不足道，或者只是换汤不换药而已。但是记住，你身上至少有一部作品，除了你自己，别人是写不出来的。我的建议是深挖并找到它。

他身后也留下一长串哭泣的女人。但在两种类型的好色之徒中，非常肯定的是，他是爱女人的那一类。里尔克说，他只能和女人谈话。他只能理解女人，和她们在一起他才能是真正的自己（只要不用他待太久时间）。不过很少有男人发现有这么多的女人愿意去爱他们、保护他们，并且原谅他们。

又一次，我想到了他对爱情下的著名的定义：两个孤独者的相互保护，和平共处，相互接纳。

这到底是什么意思？一个学生在她期末试卷上这么写道。这只不过是一些文字。与现实生活风马牛不相及；而现实生活才是爱情真正发生之所在。

学生交上来的卷子中经常能感觉到的那种恼怒、充满敌意的语气。

在现实生活中，对妻子，他不能尽到一个丈夫的责任，结婚后差不多一年他就离开了。对女儿，他不能尽到一个父亲的责任。里尔克，一个在童年经历中发现了丰富内容和意义、写下许许多多关于儿童的美好文字的人，却忽略了他自己唯一的孩子。但这并没有阻止她将她的一生都献给了他的作品，一辈子都把他记在心上。后来，71岁的时候，她自杀身亡。

里尔克喜爱狗，他密切地观察它们，与它们的交流毫无障碍。有一次，他在西班牙的一家咖啡馆外面遇到了一条怀孕的流浪狗，大着肚子、丑丑的，从那哀求的眼神中，他发现了一切超越孤独灵魂、去了天晓得什么地方的东西——进入未来，或进入那无法明白的境地。他用自己咖啡里的方糖喂她，他后来写道，这就像是一起在做弥撒读经。

在里尔克的作品中，阿波罗是一个反复出现的角色。

这本书不厚，差不多两个小时就可以读完。但是很快，阿波罗就睡着了，就像个孩子，妈妈在他的床边一直在读，就等着他睡着的这一刻好踮起脚尖悄悄走开。我不会踮起脚尖悄悄去任何地方。被他压着，我的脚已麻木。我晃动了一下两只脚，他就醒了。他并没有站起来，只是找到了我仍然抓着那本小书的手，然后，他舔了舔。

接着，我们俩都站起身来，朝厨房走去。我给他倒了一些粗磨狗粮——到时间了——他吃的时候，我做好准备带他出门。

有件事我可能以为是出于我对动物拟人化的想象，因而没有理会，但是第二天这件事就发生了：我正拿着笔记本电脑坐在沙发上，这时候，阿波罗过来了，他开始嗅茶几上的那些书。他的大嘴巴在那本克瑙斯加德平装本新书四周张开又闭上；这本书是我买回来替换被他咬烂的那本的。哦，别再咬啦！但是，我还没来得及把书拿开，他就轻轻地将书摆在我的边上。

当然，我听说过治疗犬。受过训练的狗在医院、疗养院、灾区诸如此类的场所发挥作用，它们的目的是希望减轻人类可能经历的任何痛苦，给他们带来安慰、令他们振作。我知道，这类犬已出现好长一段时间了，我还知道它们现在经常被用来帮助那些情感或学习上有障碍的孩子。为了提高孩子们的语言和读写能力，在学校和图书馆，鼓励他们大声朗读给狗听。据报道已经产生了极好的效果，对狗朗读的孩子进步明显大于对其他人朗读的孩子。据说很多的狗听众看上去很享受，表现出警觉和好奇的迹象。但是，分析人对狗朗读的所有好处并不是我的研究要揭示的东西。

我突然想到，有人曾对阿波罗朗读。并不是说我认为他是一条经过训练获得认证的治疗犬。（这么一只有价值的动物会沦落成流浪犬吗？）但是我相信，肯定有人以前对着他朗读过——或者说，不是对他朗读，但至少当时他也在场——而且，他对这一经历的记忆是快乐的。也许，这只是因为朗读者是他所爱的人。（是你吗？她不知道，三夫人说。至少当着她的面从来没有过。）或者，也许，阿波罗虽然不是一条专业的治疗犬，但还是指望这条狗能通过听某个人的朗读来帮助这个人，这是他认真对待的一种责任，他也为此受到了赞扬和奖励。训练手册上说，很多狗都有做某种工作的天性（一旦被指派了一项任务，原先表现出倦怠或沮丧迹象的狗常常就昂首翘尾振作起来），但人们几乎从不给它们足够的工作——如果说有的话——去做。

抑或，阿波罗也许是犬类中的天才，他理解我与书之间的关系。也许他明白，当我心情不太好的时候，埋头看书是我能做的最合适的事情。也许，这是他灵敏的鼻子让他知道的结果。如果像研究表明的那样，狗类的鼻子能够探测出癌症，那么它们也能探测出压力的缓解、精神刺激或愉悦的体验所引起的变化等等，也就不足为奇了。我们知道这种现象已经存在：一些狗能预测人的癫痫发作；如果这种事能发生，那么，预测一种隐现的抑郁发作又有什么可奇怪的呢？

事实上，我和阿波罗住在一起的时间越长，我就越肯定那个“暴躁兽医”这么说是对的：我们人类对犬类大脑的工作机制连一半情况都没了解。它们对我们的了解，很可能是以一种无声的、深不可测的方式，比我们对它们的了解更深刻。无论如何，这一画面有一种无法抗拒的魅力：令人绝望的一场雪崩，然后，就像挂着一小桶白兰地的圣伯纳犬从雪中走过来一样，阿波罗拿起一本书。

即使我们明知圣伯纳犬其实并未有此举。

曾经有一段时间，我会更清楚地考虑，把里尔克给青年诗人的信念给一条狗听，是否是一种精神失衡的表现。

我决定把朗读变为我们日常生活的一个组成部分。不过，我清楚这件事在旁人眼里会是怎么回事儿，所以，我没有告诉任何人。然而，这本书的内容，我有很多东西从未对任何人说过。

令人好奇的是，写作的行为怎么就导致了自白。

这并不是说它不会也导致你撒弥天大谎。

像里尔克一样，弗兰纳里·奥康纳也给一个陌生人写了一系列的信；这个陌生人有一天突然就给她写信了。在奥康纳死后出版的书信集中，这位通信者——此人要求不透露姓名——被称为A；她32岁，比奥康纳大两岁，但奥康纳足以担当导师的角色。写给A的信,时间跨度长达九年，信中充满了对文学和宗教的思考，以及当一名作家和作为一个天主教徒意味着什么。她恣意地聊着自己的小说创作，当A把自己的一些小说寄给她时,她回复给予鼓励。奥康纳说，A有写小说的天赋，尤其评价她有一篇小说写得“近乎完美”。当A表现出思路不畅倍受折磨时，奥康纳立马就谴责魔鬼。对奥康纳这个虔诚的天主教徒而言，魔鬼可不是一个隐喻。

虽然这两个女人也会适时安排见上一面，但她们见面的次数并不多。与此同时,她们的友谊在纸端得到蓬勃发展，两个人的关系近到奥康纳称A为“义姐”的地步。当A决定入教时，她欣喜若狂，一口答应做她的坚振礼[1]的代母。

但是最终还是魔鬼赢了。A丢弃了她的宗教信仰。她退出了天主教。虽然她也创作了几种文类的作品，但一部也没有出版。奥康纳39岁时因红斑狼疮去世；34年后，被人称为贝蒂的黑兹尔·伊丽莎白·海丝特饮弹自杀身亡，享年75岁。

如果奥康纳曾是我的导师、如果她曾给我写过信，我可能会问她这个问题：西蒙娜·韦伊曾说，当你生活中不得不做一个决定，决定你应该做什么，那就做会让你付出最大代价的事情；她说这话到底是什么意思呢。

做难做之事，明知山有虎，偏向虎山行。做会让你付出最大代价的事情。这些人都是谁呢？

奥康纳说，如果写作不痛苦，那也就不值得去做了。

---

1 天主教圣事的一种。入教者在受过洗礼后，再接受主教所行按手礼和敷油礼，谓可使圣灵降于其身，以坚定信仰，振奋人灵，故名。

然后来说说弗吉尼亚·伍尔夫。伍尔夫说过，将情感付诸文字就能消除痛苦。把一场戏写得恰到好处，把一个角色写得恰到好处：没有比这更令人愉悦的事了，她说。

本学期第一次全体教员大会。应该允许学生在手机上阅读指定的书吗。大多数人的回答都斩钉截铁：其他电子设备，可以，但看在上帝的分上，不能是手机。但这是什么逻辑啊，“未来之星”争辩说。如果我们在谈论的是屏的大小。那不等于是说，他们不可以阅读袖珍本书籍了吗？不，那不一样，大多数人一致认为。尽管过了15分钟后，还是没有人能明确地说出到底是什么原因。

办公时间。A学生很沮丧，因为这个项目需要修这么多门的阅读课程：我不想看别人写的东西，我想人们看我写的东西。B学生担忧的是，那么多指定阅读的书要么根本就是不赚钱的书，要么就已经绝版。难道我们不应该研究研究那些更加成功的作家吗？

这种情况经常发生：我从以前的一个学生那里听说她生

孩子了。她在写的那本书现在只好搁置一旁。她说，也许等孩子大一点的时候，她可以接着写这本书。然后，当孩子稍微大一点时——通常两岁左右——她又生了一个孩子。

它们一拨接一拨地发来。一些配合某种其他活动的写作学习机会的宣传通知。你可以写作加享用美食，写作加品尝美酒，写作加山间远足，写作加乘游轮航行，写作加减肥，写作加戒瘾，写作加学习编织、烹饪、烘焙、说法语或意大利语，等等。今天，文学节的一个宣传册上写着：谁说写作和休闲不能二者合一？享受完美的短假：一个写作工作坊水疗胜地。(手指甲和脚趾甲一起修的买卖。"未来之星"讥讽说。)

在书店。一个朋友最近的一部小说，去年出版的，平装本现在出来了。我懊恼地意识到，自己不仅尚未看过这本书，还把它忘得一干二净。

去看眼科医生。一个头发染成黑色的中年妇女走进候诊室，她的头发和身上穿的皮夹克的颜色一样黑。我对她有一种熟悉的感觉，当我看到她的托特包上《纽约书评》的标识时，几乎“啊”地叫出声来！她落座后拿出一本杂志——《伦敦书评》。

广为流传的一则学术段子：A 教授：你看过那本书吗？B 教授：看过？我教都还没教过呢。

在教工俱乐部。我和另一位老师一边喝着杜松子酒，一边自娱自乐地猜测：万一发生校园枪击事件，我们会不会为哪个学生挨枪子儿。

有时在横幅广告上，有时则在右边的一个窗口，或者在等的时候，当我向下滚动屏幕时，会冷不丁地出现：詹姆斯·帕特森[1]。詹姆斯·帕特森，世界顶级畅销书作家，连续二十多次荣登《纽约时报》畅销书排行榜榜首。詹姆斯·帕特森，显然有着与其巨大的成功一样的谦逊，相信任何人都能轻而易举地取得同样的成功。或者，至少是参加90美元含22次视频课外加他提供的练习、30天无效退款保证的课

1 James Patterson（1947—　），美国惊悚推理小说家。

程的任何人。别看这个广告啦,开始写作。詹姆斯·帕特森，全世界最有钱的作家之一，净资产达7亿美元（可能现在更多了）。关注故事而非句子。他的形象：上了年纪、和蔼可亲、轻松自在。一个寻常之人，戴副眼镜，身穿一件藏青色毛衣。打败空白页！有时会看到他在一叠标准拍纸簿（绝对不是电脑）上写着。你在等什么？你也能写成一个畅销书作家的。詹姆斯·帕特森。总是突然弹出，催促、哄骗，向整个世界承诺。像魔鬼一样。

你在开玩笑吧？一位朋友说。他在美国北部的一个农场里养山羊，制作出了获奖的山羊奶酪。写作障碍是发生在我身上最好的事情。

你的忌日。我想纪念一下，但不知如何纪念是好。这不是我第一次上网看你朗读的视频。我从没见过阿波罗对屏幕做出反应，包括对电视（他的眼睛似乎不会盯着任何屏幕图像看，即使图像是一条狗）。如果我让他听，我想他会听出你的声音。明确阻止我去查明结果的原因是我想到这样也许太残酷了。他现在可以算是我的狗了（我的狗！），但是，我相信他没有把你忘记。听到你的声音对他会有什么影响？他能怎么理解？如果他认为你被困在屏幕里面了怎么办？

朱迪·加兰[1]的孩子第一次看《绿野仙踪》的故事。孩子们和保姆坐下来看那天电视上播放的电影时，她碰巧不在，去国外演出了。虽然她早已超过了她扮演多萝西时的年龄（16岁），但孩子们还是认识自己的妈妈的。原来她就在那儿啊！被飞猴带到女巫那里去了！这么一想让孩子们情何以堪啊，他们放声大哭起来。

在邮局。一名年轻女子带着一条有斑纹的杂种狗进来排队。柜台里面的工作人员说，小姐，这里不允许狗入内。那年轻女子说，这是服务犬。工作人员说，那是服务犬？是的，那女子厉声说，语气凶狠，工作人员吓得小心翼翼地说，小姐，我只是问问。我的意思是，我没看到任何证章或标识。站在女子前面的顾客转过身去，看看她，看看那杂种狗，然后转回身，摇了摇头。那女子昂首挺胸站着。朝我们大家一眼扫过来，目光灼人。你们怎么敢。这条狗是我情感支持伙

1 Judy Garland（1922—1969），美国女演员、歌唱家，在1939年上映的电影《绿野仙踪》中饰演女主人公多萝西。

伴。你们怎么敢质疑他到这儿来的权利。

令这奇特的一幕更为奇特的是，这条狗少了一条后腿。

看着阿波罗睡着了。他侧着的身体静静地一起一伏。他肚子饱饱的，他温暖且干燥，他今天走了4英里的路。和往常一样，当他弓起背在大街上拉粑粑时，我护着他、提防着过往的车辆。还有，在公园里，当一个边慢跑边发短信的人向我们冲过来的时候，在他可能撞到我之前，阿波罗就叫了起来,挡住他的去路。我今天已跟他玩了好几轮拔河比赛，我跟他聊天儿，我也唱歌给他听，还给他念了几首诗。我已经给他修剪过趾甲,我梳理了他全身每一英寸的体毛。现在，看着他睡着了，我觉得一阵满足。随后而来的是另一种更深切的感觉，奇特而神秘，但同时又十分熟悉。我不知道为什么我要花整整一分钟才能说清楚这种感觉。

我们——我和阿波罗，如果不是两个孤独者的相互保护、和平共处、相互接纳——又是什么呢?

把事情安顿了就好。不管有没有奇迹，不管发生什么，什么也不能把我们分开。

第九章

我认识的每一个人都在写书，治疗师毫无必要地告诉我。我见过很多作家,我可以告诉你写作障碍是十分常见的。

但是我不是去谈写作障碍的。如果我不是那么急着要赶路，我会解释的。通常，当一个作家看到别人刚刚在某重要刊物上发表了关于他们正在研究的主题的一部大作品时，他就会感到沮丧的。我却感觉如释重负。（嗯，好吧，那么，编辑说，听上去他也如释重负：我猜想你也脱身了。）

为了引我开口，治疗师问我假期都做了什么。当我告诉他时，他轻声细语地说（他说什么都是轻声细语的），听上去就像是痛失至爱这件事影响你的方式之一：不合群。

讨厌与人相处，我没说。害怕与人相处。

但真实情况是：即使我当初没有为离开阿波罗而担心，我也会愿意独处。

离群者是我最近在看的一位作家对他们的说法；因为这样或那样的原因，而且无论这些人早年可能抱有什么希望，但是他们不像大多数人那样，从未真正成为生活的一部分。他们可能有认真的感情关系，他们可能有朋友，甚至有一个相当大的朋友圈，他们可能很多时候都有人陪伴。但是他们不结婚也不生孩子。假期的时候，他们加入某个家庭或其他团体。这种状况持续了一年又一年，直到他们最终发觉他们自己的内心承认，其实他们宁愿就待在家里。

但是你肯定看到很多人都喜欢这样，我对治疗师说。

其实，他说，我没看到。

此时此刻，追忆过去一些事儿。上大学的时候，有两年的时间，我给一个针对情侣／夫妻的治疗师打工挣点零花钱。整个工作包括打字录入治疗师治疗时的谈话文字稿。这件事对病人的治疗并没有帮助，而是因为治疗师计划写一本书。这一对一对大多是中年人，而且全都结婚了。（治疗师不喜欢婚姻顾问这个术语，说它太陈腐了。）

听磁带常常令人沮丧。我记得我当时感到纳闷，这个治疗师怎么能忍受她的工作，尤其是在我了解到，在很多的病例中，那些夫妻无法通过治疗来调解他们的分歧，于是以离婚而告终。不过有时候这才是重点，治疗师说：是要帮助两个人放手。

这位心理医生本人就魅力十足，身材高挑，一身杀手级的装扮（细高跟靴子、紧身毛衣），40岁的她已离过两次婚。据我所知，她的病人对她的个人生活一无所知，但我一直想知道，她的婚史是否至少会让其中一些人找她治疗时有所迟疑。我还记得我当时想，不管托尔斯泰关于不幸的家庭说了什么，不幸的夫妇都以同样的方式不幸。

几乎所有的丈夫都曾有出轨被抓个现行或被怀疑有出轨行为。（不止一次出现这样的情况，在心理治疗时，男方坦白了他的不忠行为，还有就是，在心理治疗时，男方向他的妻子承认他爱上了另一个——男人。）

通常，这些女人抱怨感觉自己是多余的、未受到充分赏识，而且——显然是最糟糕的——没有人倾听她们的意见。

男人们则把他们的妻子视为格林童话中渔夫的妻子的翻版：永远唠唠叨叨，贪得无厌。

一次又一次，我对一种明显的事实感到震惊，那就是，对夫妻俩来说，同一个词并不总是表示相同的意思。总会出现一些同样的词语，我会把它们打下来：爱情、性、婚姻、听、需要、帮助、支持、信任、平等、公平、尊重、关心、分担/分享、念想、金钱、工作。我会把这些词打下来，我也会听这一对对夫妻谈话，我还能说出同一个词对他来说是这个意思，而对她则是另一个意思。我听到好几个男人反对用通奸这个词来定义婚外与他/她人上床的行为。一个男人强调说，通奸是指当你把这行为变成一种习惯的时候。一个妻子说，他不帮我。而当她丈夫一口气说出一长串他上个星期才为她做的事情时：我说的是帮助！她尖叫道。我说的是帮助！

在听所有这些治疗时的录音时，我还注意到另外一件事，即，治疗师会根据说话对象的不同，稍稍改变她的声音。这种改变总是很微妙，但总是有，音高上的不同或别的什么，很难描述。也许都在我的脑子里。但是，如果我不得不说，我会说她站在男人一边更多一些。

我本该知道治疗师会需要我在那儿待上整整一小时的。当我告诉他我把阿波罗拴在屋外时，他说，下次吧，你为什么不把他带到屋子里来呢？

下次？

就这么定了。治疗师会给我我想要的，而作为回报，我会再来。

至少再来治疗两三次，他说。

我坐在治疗师的诊所里，阿波罗在我边上，我忍不住想笑。这就好像是我们在接受针对一对夫妇的治疗。

只不过我们俩相处和睦。

有一次在大街上，一个女人从我们身边经过时连珠炮似的说：我一直就说，养一条狗替代丈夫，胜过有一个狗一样的丈夫。

一直？

我二十多岁的时候，出去遛我的狗博，有时一些男人会对我说下流话。那狗你老公吧？你和那狗上床吗？女士，你操那狗吗？我打赌你让他对你口交。

当大街上另一个女人说阿波罗性感，并且告诉我她嫉妒时，我觉得很不安。你是一个幸运的、幸运的女人，她说。

狗证到的时候，我把它放到阿波罗的鼻子下面晃了晃，然后用冰箱贴将它贴在冰箱的门上。

大夫人说，你明明知道你这是在弄虚作假。即便是出于善意。

我很清楚那些真正需要动物帮助的人对此义愤填膺，因为越来越多的人把普通的——有些甚至是外来的——宠物当作服务动物对待。我听说过大学宿舍里的臭鼬、饭店里的鬣蜥，还有飞机上的猪。我保证，通常情况下，只要不被允许去的地方，我决不会带阿波罗去。我把狗证复印一份后送到物业管理处，我会把原件和美国国家服务动物登记处颁发的徽章留在家里。

至于治疗师，他毫无保留地写下诊断，说我正遭受着丧亲之痛刺激引起的抑郁和焦虑，而狗提供了必要的情感支持，失去这一支持可能会对我的精神健康造成伤害，甚至可能危及生命。

大夫人认为这很滑稽：因为实情是，在这件事情当中，是动物无法应对，而你则是他的情感支持人。

现在我不得不开口说话了。如果没有别的好说，要解释我为什么不想说话。这仍然是实情：我不想谈论你，也不想听别人谈论你。

我想引用维特根斯坦的名言：对于不可言说之物必须保持沉默。即使你告诫过我们不要断章取义地引用哲学家的话。哲学表达可不是什么俗话说，你说。

此处稍作停顿，想一想维特根斯坦：他的四个兄弟中有三个都自杀了，而他也常常想要自杀。据说，他和卡夫卡一样，在得知自己身患绝症的消息后松了一口气，不过，他真正临死前说的话让我想起了乔治·贝利[1]：告诉他们，我的生活很美好！

心理医生问我是不是和阿波罗交谈。嗯，是的。为了增进相互间的感情，我们建议人和他们养的狗进行交谈。这似乎是很自然的事情（尽管我猜测，由于各种电子设备吞噬了我们的注意力，人们现在这样做的越来越少）。

有一次我听到一个陌生人在和她的哈巴狗激动地交谈：那么，我想这又全是我的错咯，不是吗？我对此发誓，那狗翻了翻眼睛。

---

1 1946年弗兰克·卡普拉导演的电影《生活多美好》（*It's a Wonderful Life*）中的男主角。

是的，我和阿波罗说话。但是不谈你。事情是这样的：我不必告诉他。（众所周知，狗是世界上最好的哀悼者。乔伊·威廉斯[1]。）

仅仅因为有别人失去了什么人而这人死于自杀，并不意味着我的感受就是可以分享的。我还真耐着性子听过一个关于自杀者家人和朋友心理失落的广播节目。节目邀请听众打进电话发表意见。所有常用的伤人的字眼石头般地砸了过去：罪恶的、恶毒的、怯懦的、报复心强的、不负责任的。有病。没有一个人质疑"自杀是错误的"这个观点。自杀的权利根本就不存在。自杀者就是自私又自怜的恶魔。居然这样忘恩负义地对待生命这个珍贵的礼物。尽管自杀者可能恨的是自己，但他们希望毁掉的却并不是他们自己，而是他们身后的家人和朋友。

这些全都没什么帮助。

不过，去年我读过的十几本关于自杀的书也毫无帮助。我确实学到了一些有趣的东西。例如，某些古代圣贤认为，自愿死亡通常被认为是应受谴责的，但在道义上是可以接

1 Joy Williams（1982— ），美国女歌手，四次格莱美奖获得者。

受的，甚至是可敬的，因为它是逃避无法忍受的痛苦、忧郁或耻辱——或甚至只是平淡老套的无聊——的一种方式。后来的思想家们已经提出，尽管基督教绝对禁止自杀（不过整部《圣经》中没有任何地方明确谴责过自杀），但也可以说基督本人偏偏就是这么做的。在西方国家，自杀者遗书的数量在18世纪时达到了顶峰，那个时候，遗书通常会和其他公告一起刊登在报纸上。

还有这个搞笑的说法：以第一人称写作是有自杀风险的已知标志。

这些话是有助益的：这是我多年前认识的一位女士说的，当时我们正好在同一家杂志社任职。他们夫妻俩年纪轻轻且新婚燕尔，她丈夫毫无征兆地就让她成了寡妇。前一天我俩还在计划着我们的未来，她说，第二天他就走了。起初，我觉得我应该尽一切可能去理解他。但我逐渐认为这是错的。他选择了沉默。他的死是个谜。最后我决定我应该让他保持沉默。把他的秘密留给他。

我谈到觉得自己处在半疯癫状态，现实的扭曲，在某些时刻降临的雾霭，就像失忆一般令人不安。（我在这个教室里干什么来着？为什么在这面镜子里我的脸看上去那么怪异？那是我写的？我当时的意思可能是什么？）

我还谈到，无论我睡多少觉，我依然精疲力竭。我多少次撞到什么东西上，多少次把东西掉在地上，多少次被自己的脚绊倒。从路牙上走下来到车道上，如果不是站在旁边的人把我往后拽住，一辆车就会撞上我了。我不吃东西的那些日子、我只吃垃圾食品的那些日子。荒唐的恐惧：如果发生煤气泄漏、大楼爆炸怎么办？丢三落四，东西放错地方。忘记交税。

这些全都是丧亲之痛的症状，治疗师毫无必要告诉我。庸医一个。

不过你知道，阿波罗，我在第四次或第五次心理治疗后说，我认为我真的开始感觉好一点了。

关于维特根斯坦的另一件事。物理学家弗里曼·戴森[1]1946年曾见过维特根斯坦，当时这位哲学家在剑桥执教，据他说，如果有一个女人胆敢出现在教室，维特根

1 Freeman Dyson（1923—2020），美籍英裔数学物理学家，普林斯顿高等研究院教授。

斯坦会一直保持沉默，直到她明白其中的意思，然后自行离开。

我变得一天比一天笨，戴森有一次无意间听到哲学家在小声反复地嘀嘀咕咕。

关于女人，无论如何。

想要对伟大的男性思维给予太多的信任的话，请记住这一点：有着这种思维的男人看着猫然后宣称它们是神；他们看着女人然后问道，她们是人吗？而且，一旦这个难题被解开，随后的问题是：可是她们有灵魂吗？

并不是我说不出自己的感受。这非常简单。我想念你。我每天都想念你。我非常想念你。

又一次停顿，这次是在想维特根斯坦所说的“美好的生活”是什么意思呢？

还有同情他的姐姐格里塔：三个兄弟加上一个丈夫都自杀了。

我告诉治疗师那些可怕的时刻，当我第一次听到这个消息的时候，我相信是搞错了。你走了，但没死。更像是你只是失踪了。就像是你决定要跟我们玩一个幼稚的恶作剧一样。你失踪了，不是死了。这就意味着你还能回来。你还能回来，而且如果你还能回来，当然你会回来。就像几年前那段很短的时间一样，那时候我相信只是压力或疲劳，或我正在经历的某种反常的阶段，不管是什么问题，一旦过去了，我就会依然貌美如初。

后来，我发现自己常常想起电影《胡迪尼》[1]中的一个场景，最后一个场景。我说的是50年代的老版本，是托尼·柯蒂斯[2]主演的，我十几岁的时候在电视上看的。这名因在众目睽睽下的逃脱术而世界闻名的男子在试图从水牢中逃出时不幸身亡[3]，当时他被倒悬在水牢中，双脚戴着脚镣。逃脱中国水牢的魔术他以前曾成功过，但这一次，观众不知道，他很虚弱，阑尾破裂，疼痛难忍。

---

1 *Houdini*，又译《奇人异迹》，1953年7月2日在美国上映。胡迪尼是20世纪早期著名的魔术师、遁术师。

2 Tony Curtis（1925—2010），美国演员，演出了超过百部影视剧，成为第二次世界大战后好莱坞壮硕猛男的典型代表，代表作是与玛丽莲·梦露一起拍摄的《热情似火》，并凭借《挣脱锁链》获奥斯卡最佳男主角提名。

3 电影中胡迪尼在表演“中国水牢”时意外去世，而实际上他是死于腹膜炎。

临死之前，这位魔术大师向他的妻子许诺：如果有任何办法，我都会回来。[1]

这让我当时浑身起了鸡皮疙瘩，但仍然强烈地感动了我。

即使我知道，真实生活中的胡迪尼是死在医院的病床上，而且他的临终遗言是我已厌倦了打拼。

我又想起了另外一件事。这一次我岁数更小：还是个孩子。在一个朋友家的生日聚会上，那是一座巨大的石灰色维多利亚式建筑，在我眼里就是一座令人毛骨悚然的城堡。玩捉迷藏。我是捉人者。我数完数后睁开眼睛。此刻是傍晚时分，是冬天，而且为了配合玩游戏，所有的灯都关了。就在几分钟前，房子里还满是愉快喧闹的气氛，现在却成了

1 因为胡迪尼不信通灵，他生命中最后13年都在与“通灵大师”们进行公开较量，也有证据证明他的死有可能是遭人谋害，嫌疑最大的可能是一些通灵人。在临死前，胡迪尼和他的妻子贝丝·胡迪尼约定死后如果可能的话，他会从另一个世界和她联系并传达一则先前沟通过的密语，以证明通灵的存在。接下来的10年当中，每年万圣节前夕，贝丝都会举行一个降灵会来测试这个约定。1936年在最后一次不成功的降灵会之后，她熄灭了胡迪尼相片旁从死后一直保持燃烧的蜡烛。1943年，她说：“10年的等待对任何男人来说都够久了。”

一座坟墓。

后来他们告诉我，第一拨离开藏身之处探探情况的人发现我脸朝下趴在地毯上。

太多令人兴奋的活动，太多的冰激凌和蛋糕：大人们把局面搞乱了，大人们的这种方式会把孩子们的问题搞乱。而我害怕到了极点，又不知说什么，甚至没有试着去启发他们。但我从未忘记。这个陈腐的短语死一般的寂静可以让我在一瞬间把一切都回忆起来。

前年，我爷爷失踪了。紧跟着的是我们小学的校长。所有的说辞都无法令人信服地解释他们的消失。但其中有一些肮脏的内幕、一些不可言喻的东西，而对此，人们必须保持缄默——这一点是清楚的。

恐惧渐渐消失了。其他那些孩子，他们没有躲起来；他们不见了。消失在那同样的黑暗中，再也没有回来。只有我——捉人者——留了下来。独自一人独自一人独自一人。房间在我眼前旋转。我吐了出来，然后晕了过去。

刚才想起，那个格里塔·维特根斯坦的公公也是自杀身亡的。

我做梦梦见你了吗？

我如实地描述一下这个梦境：踏着厚厚的积雪艰难前行，奋力追赶前面很远处的一个人，一个穿着深色大衣的身影，就仿佛是一张巨大的白毯子上一个三角形的裂口。我喊你的名字。你转过身来，开始用两个手臂发信号。但是我不懂。你是在告诉我快点吗，或者是在警告我，让我停下来、回去？因为不确定而痛苦不堪。梦醒了。或者，我说（很抱歉，出于某种荒谬的原因），至少这是我记住的全部内容。

我谈到我见到你的次数。每一次我都因激动而紧张。为什么会这样，而且几乎总是这样：我会把一个长得像你的人错认成你，而这个人并不是像你去世时那个年纪的样子，而是像你一生中某个其他阶段的模样。有一次，在校园里，我看到一个人长得像我第一次见到你时你的样子，我欣喜万分，几乎叫出声来。

我承认我一下子就暴怒了。走在市中心，又是高峰时间，人流如织。我发现自己热血沸腾，准备要杀人。所有这些人都他妈的是谁啊，这怎么公平啊，怎么可能所有这些人、这些凡夫俗子，一个个都活着，而你——

治疗师打断我的话后指出，是你做的选择。

我确实经常忘记这一点。因为在我看来，事情往往不是发生了什么，它根本就不是一种选择，不是自由意志的行为，而是降临在你身上的某种不寻常的意外。

我想，这并不是不准确的，自杀毫无疑问是违背自然规律的。

为什么狗呀、马呀、老鼠都有生命，而你却没了呼吸？李尔王哭着说。你是指他的女儿科迪莉亚。

有时我几乎忍不住要对学生发火。你一个英语专业的学生，居然不知道问号后面不能再加句号？为什么连研究生都不知道长篇小说和回忆录的区别，为什么他们总是把一本书说成“一篇”书？

我想揍一个女生，她那个星期没有完成布置的50页的阅读作业，借口是她要去陪审团当陪审员。

有个在考虑要不要选我的课的人发给我一个问卷调查表，我没有作答直接就删除了。（第一个问题：你是不是过分在意标点符号和语法这样的事情？）

所有的那些愤怒，治疗师说，却没有一次是针对你的。

没有愤怒、没有指责。难道这是因为我认为自杀是情有可原的吗？

柏拉图这么认为。塞内加这么认为。

但是我怎么认为呢？为什么我认为你是自杀的呢？

因为你被倒悬着困在水牢里。

因为你虚弱且感到疼痛。

因为你已厌倦了打拼。

有一次，我一个小时里大部分时间都一言不发。每次我开口说话，我就感到崩溃。尝试了几次后，我干脆放弃了，坐在那里一直哭到离开。

我想谈一谈我和你在柏林相遇那一次的情形。那一年我靠奖学金一直住在柏林。你正好从那儿路过：你一本新书的德文版刚刚出版。因此我们在一起度过了一个长长的周末。

你想去拜谒作家海因里希·冯·克莱斯特的墓地；1811年，34岁的他就是在这里开枪自杀的。我知道这个故事。克莱斯特一辈子都在绝望中煎熬，很长一段时间以来他都想死。但不是独自一人去死。签订一份自杀协议（一起自杀）

的想法一直让他兴奋不已。他的梦中情人：一个内心渴望和他一起死去的女人。

亨丽特·沃格尔并不是他接触的第一个女人，但就是她——在31岁时被诊断为癌症晚期——兴高采烈地接受了他的建议，一同浪漫地自杀身亡。

在对她的左胸开枪射击后，克莱斯特自己也饮弹身亡。这是男人的活儿。

似乎两个人都曾期待这将是一次爽到高潮的体验。

据一名目击者称，事发的前一天晚上曾看到他们俩悠闲自在，愉快地在一起用餐。虽然他们俩都是基督徒，但是，他们似乎也曾期待死亡会把他们带到一个更美好的世界，能有天使陪伴左右，幸福永远——不用惧怕那种无尽的折磨；据说无论对他人残暴者还是对自己残暴者都同样要遭受这种折磨。

沃格尔是有夫之妇，她在给丈夫的最后一封信中请求，希望死后不要与克莱斯特分开。他们俩被埋在倒下的地方，人称小万湖的湖畔一个绿荫覆盖的斜坡上。

和许多墓地一样，这一片也很安静。我过去经常一个人去。（自从那地方修葺后，我就再也没去过。）以前我几乎总能发现克莱斯特的墓碑上放着一朵鲜花，哪怕是在冬天。我从上大学时第一次读到他的作品就爱上了它们，很高兴能来到他的安息之所。想一想格林兄弟曾在此徜徉。里尔克就在此处，在自己的笔记本上写下一首首诗篇。

那天，我们从万湖桥上过的时候，看到两只天鹅正在交配。一点也不像人们想象的那么优雅——那只雌天鹅看上去情况危急，有被淹死的危险。无论如何，很难想象它们滑稽的振翅拍打的努力最后会成功。

没过多久，我在桥下的一条人行道上，发现了它们的巢，令人惊讶地紧临着岸边。这个地方我也曾多次造访。通常，我会发现一只——我猜是雌的——要么蜷缩着在睡觉，要么在抱窝，而另一只则在近旁游着水。有时候，我看着它们一起营巢，用树枝和灯芯草把巢扩大，直到它看上去像一顶巨大的墨西哥宽檐帽。

我们都知道，天鹅一夫一妻终身相伴。但不太为人所知的事实是，它们有时也会出轨。我亲眼发现过这一对中的一只——我猜是那只雄的——经常去湖的另一个区域探访另一只天鹅。

虽然我从未看到过巢中的天鹅蛋，但我希望到时候能看到一些天鹅宝宝。可是有一天巢穴不见了。我不知道发生什么事情了。天鹅们开始营建新巢,但是不久新巢也消失了。

万湖的天鹅常常在傍晚时分出现，它们的羽毛随着落日的变幻呈现出不同的颜色。玫瑰色的天鹅，粉红色如火烈鸟、蓝得像紫罗兰的天鹅，黄昏时分的深紫色的天鹅，夜色下黑色的天鹅。从梦中走出来的鸟儿，让人想起这尘世的美丽。天堂的美丽。

我们一致认为，他一定是个恶魔。花言巧语说服一个温顺的、身患绝症的女病人心甘情愿地被枪杀。

但是她呢？不管怎样，她都是要死的人了，代理模式的自杀虽然加速了她的死亡，但几乎可以肯定的是，也让她免受很多的折磨。但是，让另一个人去实施谋杀和自杀——在这种情况下，一个人虽然绝望，但仍很年轻，他本来能多活很多年并继续创作充满才气的文学作品——这又如何解释呢？

如果克莱斯特没能找到一个死亡伴侣——如果，像她之前的那些女人一样，这个女人也拒绝了他这个疯狂的要求——谁知道会发生什么事呢？或者就什么事也不会发生了。事实上，这件事我想得越多，就越觉得沃格尔夫人要负很大的责任。这是什么样的一种爱啊？难道她就没有想过要尝试一下去救他吗？

此刻我想知道我为什么写下“天堂的”，而我并不相信有这样的地方存在。

对那些不想单独行事的人而言，互联网真是个天赐之物。完全陌生的两个人，有时居住地也相距甚远，在网上找到对方于是就安排一次约会。挪威的一名男子飞到新西兰，在那里他和另一名男子相约从悬崖上纵身一跃。一男一女在湖边度假胜地预订了各自的房间，后来被人发现两人手铐在一起溺水身亡。在日本，集体自杀的趋势愈演愈烈，不断出现满载着尸体的车子。但是，日本最受欢迎的自杀地点依然是富士山山脚下著名的青木原树海；无论是写着你并不孤单或想想你的父母诸如此类话语的路牌，还是与热线相连的电话，都未能使其成功地摆脱世界上自杀率最高的地方之名。与美国排名第一的地点金门大桥难分上下。

柏林。我记得你当时情绪很好。在出版业那些侥幸的成功中（在你眼里，现在大多是侥幸成功），你那本在美国国内卖得并不好的书，在欧洲却很畅销。你因此在那次旅行中受到了隆重的接待。你很高兴来到德国，这个国家以其严谨的读者而闻名（你一直这么说的）；特别是来到柏林，这是你最喜欢的城市之一，就像巴黎一样，一个理想的步行城市，充满了闲荡的传统。

我记得听说你要来的时候，我开心极了。我一直很想念你。而且，部分原因是这是你少有的单身时段之一；还有部分原因是我们是远离家乡的——那种经常被旁人自然而然地认为是夫妻的外国访客——有时感觉我们就是这样的关系：一对夫妻。一对在度假的夫妻。总之，我记得那个周末我感到和你特别亲近，当你离开的时候我感到伤心失落。

所有这一切都铭刻在我的记忆中，当我坐在治疗师的诊室时，我满脑子想的都是这些。但我不能谈这些，因为我不停地哭泣，根本停不下来。

现在，我问自己，我为什么不假思索地让“天堂的”

这个说辞出现。

他认为我爱你。他认为我一直爱着你。他对我讲这些话的时候，声音和他通常的轻声细语不一样，如果我没搞错的话，不是说不温柔，而是有一丝不耐烦。或者，也许就是急切。

这令丧亲之痛的过程更加复杂，他解释说。我像一个恋人一样悼念你。像一个妻子一样。

写一写这些也许会对你有好处，我最后一次去他诊所时他说。

也许没有。

我已然忘记回忆是多么痛苦的事情，我的一个学生写道。而她只有18岁。

是赫克托给我带来了这个消息；一天傍晚，他来按我的门铃。大楼主管已通知房东，不值得费心去反对我把阿波罗当作援助动物来养的要求，尤其是因为没有其他租客投诉过。（一位朋友指出，既然我有了这个许可证，那么，只要我住在这里，即使阿波罗去世后，我也可以在我的公寓里一直养狗而不受惩罚。也许吧，但我已许诺决不会再耍这种花招。除此之外，我也无法忍受想象阿波罗会死，阿波罗被取而代之。）

赫克托此刻笑得合不拢嘴。我如释重负，眼睛湿润了。

我认为这需要庆祝一下，我说。

而且，很巧的是，我还留着学生送给我的那瓶香槟。

第十章

任何一个人，当他被迫去考虑一只日渐衰老的宠物时，就像诗人加文·尤尔特一样，他希望自己那只逐渐康复的14岁大的猫，在那最后一次命中注定的、可恶的宠物医院之行到来之前，能再多活过一个夏天。

我看到阿波罗口鼻处灰白色的毛，还有眼睛四周红红的，我看到他有些日子了走起路来腿脚僵硬，有时要努力两次才能站立起来，我好心痛。兽医给了我一长串要我注意观察的事项，都是老年狗身上常见的疾病及其恶化的迹象，这些真让我胆颤心惊。（等他年迈体弱的时候你打算怎么照顾他呢？）在他两次体检之间的六个月里，他的关节炎越来越严重了。

一个奇迹是不够的。那场灾难已经避免了，我们没有被分离或被驱逐出去——我很抱歉，但这还不够。现在，我就像那个渔夫的老婆：我想要更多。而且不仅仅是再多一个夏天,或两个或三个或四个。我想要阿波罗活得和我一样长。少一点点都是不公平的。

还有，为什么，最终，要不可避免地去兽医那儿呢？他为什么不能死在家里，寿终正寝，安详地离开，就像好狗有好报那样？

既然我救了他，为什么我现在还必须看着他受折磨——受折磨然后死去——接下来就剩下我孤零零的一个人，没有了他？

我觉得我在想这些的时候他是知道的。如果他在旁边，他就会把注意力转向我，几乎像是要分散我的心思。

人们普遍认为，虽然动物不知道有一天它们会死，但很多动物在自己真正临死的时候,心里的确是知道的。那么，在什么情况下，濒临死亡的动物会意识到要发生的事情呢？有可能是在很长时间之前吗？还有，动物是如何应对日渐衰老的情况的呢？它们是完全迷惑不解呢，还是凭直觉就知道这些迹象意味着什么？这些是愚蠢的问题吗？我承认是的。然而这些问题日日夜夜困扰着我。

阿波罗有一个他最喜欢的玩具，一根用硬橡胶制成的大红色的玩具绳子。我喜欢我们玩拔河游戏时，他发出的那种可笑的怪兽狗的声音。但对他而言，最大的乐趣似乎是让我赢。（我一直不清楚，他对自己的力气有多大究竟知不知道；我肯定从没见过他用尽全力的样子。）其他的玩具都吸引不了他，不过，我还是一直会买一些新的玩具——就像我一直带他去狗公园一样，即使我对看到他在那儿玩耍已经不再抱什么希望。他对别的狗、别的人一样统统不感兴趣。而这也一直令我烦忧。*你为什么不愿玩耍呢？公园里有那么多可爱又友好的狗！*

可是这又有什么关系呢？我猜这就像父母对他们的孩子所抱的希望那样，即使不是广受喜爱，也至少不要成为一个孤独者。哪怕看到他就和另外一条狗交朋友我也会很开心，他们也许甚至会坠入爱河呢。仅仅因为他被阉割过了并不意味着他就不能对另一条狗怀有特殊的感情，不是吗？我们经常遇到一条名叫贝拉的漂亮的银灰色意大利獒犬。（我已认定，将动物拟人化是不可避免的，而且，虽然我可能会试着去掩饰，但我不再与之对抗。）

关于犬类令人钦佩的品质——忠诚，作家卡尔·克劳斯曾指出，狗只对人——不对其他狗——忠诚。因此，也许这不是美德的最好的例子。事实上，很多时候，狗讨厌别的狗，甚至讨厌自己的血亲。

就在今天上午我又目睹了这一幕。两条拴着皮带的狗一看到对方，马上就开始扑向对方并狂吠起来。

混账东西。我恨你。该死的家伙。我要把你他妈的鼻子咬下来，你这臭东西。我要杀了你。算你走运，我被这根皮带拴住了，否则，我会把你的蛋给扯下来。

他们拼命向对方扑去，差点把他们自己勒死。

阿波罗就不这样。我从未看到他侮辱或攻击或欺凌另一条狗。尽管他经历了坎坎坷坷，但他依然心地善良，他一直保持着他的——人性，我想说（我应该用什么词呢？）

有一次我们经过一个门廊，一只猫坐在和阿波罗的头差不多高的地方。那猫跳了起来，弓着身体，朝他脸上吐唾沫。阿波罗将脸转向另一边：猫快速伸出一只爪子对着他猛地一击。有那么一瞬间，我为那只猫感到害怕，但阿波罗继续往前走。他不想惹麻烦。他要安宁。

即使现在老了，他仍然是个吸人眼球的尤物，常常让人惊叹不已。

想想他年轻时的样子。

希望了解你爱上的人在你遇到他们之前是什么样子，这一点也不奇怪。不知道自己心爱的人小时候是什么样子，心里几乎会感到痛苦。我对每一个我爱过的男人，以及很多亲密的朋友都有这种感觉，现在我对阿波罗的感觉就是这样。

他还是条活泼的小狗的时候，我根本不认识他，错过了他整个的童年时期。我不仅仅觉得伤心，我还觉得被欺骗了。甚至没有一张照片显示他那时长什么样子。我不得不将就着查查书或上网看看丑角大丹犬狗宝宝。我承认做这件事颇费了我一些时间。

这件事只发生过一次。我在索霍区遛阿波罗时，碰见另一个人在遛一条丑角大丹犬。两个人都很兴奋，但狗狗们的目光却径直掠过了对方。

狗的身上会发生一些倒霉的事：这是小时候，从童年时期看的书上得到的见识。那些故事里的动物往往都会死，往往死得很惨。老黄狗。红马驹。而且即使它们不死，即使它们最终活着而且很幸福，它们也受尽了磨难，往往是千辛万苦,往往是要从鬼门关走一遭。黑骏马[1]。弗利卡[2]。白牙[3]。巴克[4]。美丽的乔[5]的自传,以一条真实的狗的生活为基础，充斥着残酷的场景，故事以乔毫无人性的主人用斧头砍下乔的耳朵和尾巴开始。

毫无疑问，和许许多多读者一样，我记得我边看这些书边流眼泪（看可怜的乔的时候哭得最厉害），然而，我却从未为读过这些书而感到后悔。还有什么比一个关于孩子和动物之间深厚感情的故事更吸引人的呢？当我第一次清楚自己想写作的时候，我就肯定这就是我要写的东西。但是，我从未动笔去写。

人在很小的时候认为动物与人是平等的，甚至会把动物当成亲戚看待。而认为人类是不同的、独一无二的、比所

---

1 Black Beauty，英国作家安娜·塞维尔（Anna Sewell）的同名小说《黑骏马》（*Black Beauty*）中的一匹马。

2 Flicka，美国作家玛丽·奥哈拉（Mary O'Hara）的小说《我的朋友弗利卡》中的小野马，经过训练成为优秀的赛马。

3 White Fang，杰克·伦敦的同名小说《白牙》（*White Fang*）中的狼的名字。

4 Buck，杰克·伦敦的小说《野性的呼唤》（*The Call of the Wild*）中的狗的名字。

5 加拿大作家玛格丽特·桑德斯的同名作品《美丽的乔》中的狗的名字。

有其他物种优越——这个观点则是必须被灌输的。

孩子们幻想着一个只有非人类居住的世界。我喜欢假装自己是某种动物，一只猫、一只兔子，或者是一匹马。我会尝试通过动物的声音而不是语言来交流，而且拒绝用手来吃饭。有时我这样坚持了很长一段时间，并深信这已令父母感到忧心忡忡。虽然是一个游戏，但其核心是一种极其严肃的东西，它留下的印迹一直延续到孩子长大成人：不希望成为人类一员。

在米兰·昆德拉的小说《不能承受的生命之轻》中，那只狗遭遇了不幸。这只狗还是幼崽的时候，男主人公托马斯把它送给了妻子特蕾莎——我们获悉，正是因为同样的原因，他娶了特蕾莎为妻：为了弥补他不可救药地玩弄女性给她带来的痛苦和羞辱。虽然是一条小母狗，但它的名字却是取自另一部小说的一个男性角色：安娜·卡列宁娜的丈夫。这条名为卡列宁的狗讨厌变化，喜欢待在乡村，它在那里和一头猪交上了朋友，后来，在得了癌症到了晚期后，被实施了安乐死。

昆德拉对《创世记》第1章第26节有他自己的阐

释。人类真正的善良只有在其接受者毫无力量的时候才能显现出来。那么，让我们来看看，人类是如何对待那些任由其摆布的物种的。置身在这一道德考验下，人类遭受到……一场彻底的失败，其他所有的失败均源于此。

卡列宁和特蕾莎彼此相爱。特蕾莎在反思他们之间纯洁无私的情感时，她得出结论，这样的爱，即使大不过，也好过她和托马斯之间一直存在的那些堕落、令人忧心忡忡、永远让人失望、让人妥协的事。

在描述人类与动物间的关系时，昆德拉用的是牧歌般的这个词。牧歌般的，因为动物没有和我们一起被逐出伊甸园。它们留在了那里，不受肉体与灵魂分离这样复杂的问题的困扰，也正是通过我们对它们的爱和友谊，我们才能重新与伊甸园联系起来，尽管只是通过一根细线。

还远不止这些。狗不仅仅不受邪恶的影响。它们就是神仙、天使的化身、毛茸茸的守护神，被派来监视和帮助凡人生活。就像对猫的神化一样，这种观点充斥着互联网，甚嚣尘上，愈演愈烈。这由不得你不去琢磨。关于人的问题，我的意思是。

在《耻》中，非常糟糕的事情降临在很多狗的身上。问题依然存在，一条杂种狗显然已经爱上了戴维·卢里，而他也因此感受到一种特殊的感情了，但是，他为什么不去救那条狗呢？为什么那条狗—— 一条好狗，虽然瘸了腿，但还年轻，而且显然对音乐很敏感——就不能不像动物福利诊所里其他被遗弃的狗那样，免遭杀害呢？为什么卢里不养着这条狗，而坚持要杀了它呢？

记得《沉默的羔羊》中特工史达琳告诉汉尼拔·莱克特，她小时候住在姨父的牧场里时，如何拼命地想要把那些羊羔从春季的屠杀中拯救出来，她如何抱起一只羊羔试图逃走。我想如果我能够哪怕是救一只也好啊……但是他太重了。那么重。最后，像卢里一样，她救不了一只打上标记等着宰杀的动物。一只也救不了。

我们知道狗会思考，可是，它们有自己的观点吗？

昆德拉颇为相信，动物与我们不同，它们不会感到厌恶。我对此不是很肯定（甚至连猫也不会吗？），但是，不可否认的是，狗不挑剔，也不会评判，这是我们喜欢它们的一个重要原因。（这就是为什么教育工作者认为让有阅读障碍的孩子大声读给狗听是个好主意。还有，也许，这也是为什么像劳瑞·安德森[1]和马友友这样的表演者会说，在他们自己的音乐会上，对着观众放眼望去，幻想着他们全都是狗。）

感恩：我相信，当人们对他们的救援犬表达这一情感时，他们并不只是想象而已。我就经常感觉到阿波罗很感激我。

我想知道他是否对什么事有所期待。她很快就会回家了。等不及要吃饭了！明天又是新的一天。

甚至更多，我想知道他是如何记住过去的事的。他有渴望吗？有遗憾吗？有甜美的记忆吗？有又苦又甜的记忆吗？狗有这么敏锐的感官，他们为什么不能有普鲁斯特瞬间[2]呢？

为什么他们不能有“我发现啦”[3]瞬间，有顿悟等等呢？

---

1 Laurie Anderson（1947—　），美国带有女权倾向的前卫音乐家。

2 普鲁斯特说，人们的回忆会被气味、触觉、视觉瞬间击中，从而勾起连绵不绝的往事，这就是普鲁斯特瞬间。

3 eureka，传说古代叙拉古国王请金匠做一顶金冠，怀疑其中掺加了别的金属，要阿基米德测出王冠含金的纯度，但又不能损伤王冠。阿基米德冥思苦想，一直没想出来。一天，在沐浴时，他突然从浴盆溢出的水得到了启发，发现了浮力定理，并据此测定了金子的纯度。据说当时他大喊“eureka”从浴盆中跳了出来。该词意为“I have found it”（我发现啦）。

起初，我有时发现他盯着我看，但当我回头看时，他却转过身去。现在，他经常把他的脑袋搁在我的膝盖上，目光投向我，一副要开口说话的表情。

你跟他谈些什么？心理医生想知道。

大多数时候我好像都在问一些问题。怎么啦，小狗？你午睡睡得好吗？你睡梦中在追什么东西吗？你想出去吗？你饿吗？你开心吗？你的关节炎痛吗？你为什么不愿意和其他狗玩呢？你是一个天使吗？你想听我给你朗读吗？你想听我唱歌吗？谁爱你呀？你爱我吗？你会永远爱我吗？你想要跳舞吗？我是不是你遇到的最好的人呀？你能看出我一直在喝酒吗？我穿这条牛仔裤是不是显胖？

如果我们能够和动物交谈，那首歌这么唱道。

意思是，如果他们能和我们交谈。

但是当然，那会把一切都毁掉。

有个上门做客的人说，你整个家里都是狗的味道。我说我会处理这件事的。我处理了，就是再也不邀请这个人来做客。

一天晚上，我醒来发现阿波罗在床边，他显然在用牙齿咬着把我睡着时弄掉的毯子往回拉，给我盖上。我把这事告诉别人时，他们都不相信。他们说我肯定是做梦梦到这种事的。对此我表示同意，这是可能的。但是，我真的认为他们就是嫉妒。

在一个新书会上。一个我以前从未见过的女人咯咯咯地傻笑着说，你不就是爱上狗的那个人吗？

我吗？是不是就像阿克利娶了个狗妻子一样，我嫁给了一个狗丈夫？他去世那天会不会是我这辈子最伤心的一天？我是否也愿意牺牲自己去当一个殉夫自焚的妻子？不。但我也发现自己极其渴望回家去见他，所以不去乘火车，而是跳上了一辆出租车。一想到马上就能见到他，我就高兴得唱起歌来；可以肯定的是，这种爱和我以前感受过的任何爱都不一样。

一种反复出现的忧虑：某个声称是阿波罗的主人的人终于出现了，他还讲述了他俩是如何分开的，一个疯狂却又令人信服的故事；现在指望我把狗交给他。

此刻我想起，我最近才知道早恋[1]这个说法是指一个人对小狗可能有的感情，与小狗对人的感情毫无关系，我原先理解反了。

看阿克利的书，我注意到，他有时用人这个词来指一条狗。起先，我认为这是笔误。但是，一想到他是世界上最谨慎的作家之一，我就要说不可能是笔误了。

这让我想起我的一个朋友，他告诉我说，多年来，他一直认为那个短语是这是一个狗一样的世界，[2]而且他从来都不太确定这一表达是什么意思。

当人们看到你带着一条狗的时候，他们就会给你讲狗的故事。一位西装革履的先生一边抚摸着阿波罗的头，一边对我讲述：有一天，他母亲决定抛弃她养了多年的一条狗。她把那条狗带到一个公交车站，把它塞在一个手提袋里，放

---

1 puppy love指早恋，其中的puppy即小狗的意思。

2 “那个短语”指的是“dog-eat-dog world”，意即弱肉强食的世界（字面意思：狗咬狗的世界），作者的朋友小时候听成了“doggy-dog world”，意为“狗一样的世界”。

在一张长椅下面。这个人发现后，一路跟踪那条狗到了一个收容所。他给收容所打电话说他要收养那条狗，只不过目前他要旅行横跨这个国家去完成他在法学院的学业。收容所答应养着这条狗，但他还没来得及回到收容所，狗就死了。他们告诉他，那条狗绝食。

我就是搞不懂啊，这个人对我说。那条狗长得非常胖，因为他母亲以前常常喂他吃甜甜圈，他说，但他还很小，也很可爱，完全可以被人收养。她没有必要那样子把他扔了。尽管这事是好多年前发生的，他仍然努力想搞明白为什么他母亲会做这样一件事情。

因为她想伤害某个人，只不过我没说出口。

一位公共广播电台的制作人邀请我写一篇文章来介绍一本书，可以是任何一本我非常喜欢的书，而且愿意推荐给听众，她说。

其实，我对这个节目很熟悉，曾听过其他作家在广播中读他们自己的文章，介绍他们最喜欢的书。

我选择了《牛津死亡之书》。不仅仅因为这是一本我真真正正地认为人人都应该读的书，而且还因为我碰巧在重读这本书，特别注意到了“自杀”和“动物”这两个章节。

我按要求写了500个字，褒扬选集从古到今在主题的各个方面、从“定义”到“遗言”的精挑细选。我说我发现书中所有关于死亡的文字是多么的引人入胜，整本书似非而是的表达方式，妙趣横生又充满生机。

感谢这个小小的任务，我可以写点东西，任何东西；写这篇文章我花了很多时间。我写完后把它发了过去，但没收到回复，后来我也再没收到那个制作人的片言只语。

新闻中说：

一些动物收容所正在进行一种实验性治疗：让志愿者对那些受过虐待和创伤的狗大声朗读。

对一位专业舞蹈演员的采访，在他还是个小男孩的时候，一直受人欺凌，变得沉默寡言。

作家迈克尔·赫尔去世。他的讣告显示，在他生命的最后几年中，他已经变成一名虔诚的佛教徒，而且不再创作。

摘自《牛津死亡之书》：

纳博科夫的三段论。别人会死；但我不是别人；所以我不会死。

“这一次经历我永远也不会描述，”我昨天对维塔说，弗吉尼亚·伍尔夫在日记里这样写道。在那件难以描述的事情发生的前15年。[1]

在写作工作坊，很多故事都是从某个人早晨起床开始的。一个故事很少以某个人上床睡觉而结束。一个故事更有可能是以一个人的死亡而结束。事实上，很多学生的故事不是以葬礼开始就是以葬礼结束。当学生想要表达一个人物的思绪时，他们几乎总是让这个人物动起来。他们把他或她写进某种交通工具，通常是一辆汽车或一架飞机。好像他们只能想象，如果那个人同时也在空间移动着时，他才在思考。

问：你为什么要把这个人物设置在去印度的旅途，而这和接下来的故事一点关系也没有呀？

答：我想表达他非常担忧。

---

1 维塔即维塔·萨克维尔-韦斯特（Vita Sackville-West，1892—1962），英国作家。“那件难以描述的事情”指伍尔夫1941年的自杀。

遗言。故事就是这样结束的，艾滋病患者安养院里我的一个朋友说。双眼充满着好奇，睁得大大的，像一个孩子的眼睛。

第十一章

这个故事应该如何收尾？一段时间以来，我一直想象它会这样结束。

一天早晨，一名女子独自在自己的公寓里，准备外出。这是那种早春的天气，一会儿晴一会儿多云。后面偶尔还下一场阵雨。天一亮女人就醒了。

现在几点了？

8点。

女人从醒来到8点钟，这期间她干了些什么？

大概半小时的时间，她躺在床上，努力地想再睡着一会儿。

女人是不是患有那种特别的失眠症：睡眠中觉醒频繁，有睡眠维持障碍？

没错。

发生这种状况时，她有没有试过什么小妙方让自己重新睡着？

从1 000开始倒数。按字母顺序说出所有的州的名称。不过，今天早上，这两招都不灵。

于是她就起床了。然后呢——？

煮咖啡。用单杯摩卡壶煮了一杯浓咖啡，这壶是她最近才买的；和她以前用的法压壶相比，她发现自己更喜欢现在这个。大约一个月之前，她不小心把法压壶打碎了。一般来说，她很喜欢早晨这一老习惯。煮着咖啡喝着咖啡，一边听着收音机里的新闻。

女人听了什么新闻？

其实，今天早晨她心不在焉，根本没真正在听。

她吃什么东西了吗？

半根香蕉切成薄片，放入一杯混合了葡萄干和核桃仁的原味酸奶中。

她吃了早饭后干了什么？

查了电子邮件。回了一个信息，学校书店询问她为一门课订购的几本书的情况。确认了和牙医的预约。冲了个淋浴，然后开始穿衣服。因为今天这样的天气，她一直犹豫不决。穿套头毛衣会不会嫌太热？她的雨衣会不会太薄？

她应该带把伞吗？帽子呢？手套呢？

女人今天上午出门要去哪里？

去看一个住过院的老朋友。

她最后决定穿什么衣服呢？

牛仔裤配一件高领毛衣，外面套了件羊毛开衫。她的连帽雨衣。

女人怎么去她朋友家呢？

她从曼哈顿乘地铁到布鲁克林。

一路上她在什么地方逗留了吗？

在曼哈顿火车站附近的一家花店，她在那儿买了一些水仙花。

那么，到站下车后，她直接去了她朋友家吗？

是的。看见她此刻正走近他家的褐石屋。

她去拜访的那个朋友也是独居吗？

不，他和妻子共同生活。她今天上午上班去了不在家。但是家里有一条狗。门铃一响就会听到狗的叫声。门开了，那男子走了出来，给女人一个拥抱表示欢迎。男人的衣着——碰巧——和她雨衣里面穿的一样：蓝色的牛仔裤，黑色的高领毛衣，灰色的羊毛开衫。他们紧紧地搂着对方好一会儿，边上那条迷你腊肠狗对着他们又叫又跳。

此刻他们已在客厅落座，喝着那个男子泡好的茶。一个小碟子装着几块黄油曲奇还没动过。水仙花已经摆在一个小水晶花瓶里，放在窗台上一个有阳光的地方；那些花儿发出霓虹灯般的光芒，（女人忍不住觉得）这让它们看起来像假花一样。其中一根花茎已经弯了，上面的那朵花便垂了下来，仿佛很惭愧，又像是羞答答的，怕被人关注。

此刻可以看到，这个康复中的男子脸色苍白，骨瘦如柴。他的声音听上去很紧张，好像是在努力压低声音说话。空气中有一种压力，就像有什么东西即将爆炸或破裂。尽管那小狗一动不动地躺在柳条篮里，但他也感觉到了这一紧张，因此无法放松下来。男子说着话，而那小狗一听到叫他的名字，便拍打着尾巴。

“我想再次感谢你对杰普的照顾。”

“哦，他一点也不烦人，”女人说，“我喜欢养着他。就仿佛你毛茸茸的一部分也在那儿了。”

“哈哈。”男人笑了。女人接着说：“能帮上忙我很高兴。”

“你可帮了大忙啦，”男人肯定地向她说，“杰普是条好狗，但他被宠坏了，需要花大量时间去关注他。而我可怜的妻子要应付的事情已经够多的了。”停顿了一下，男人压低了声音。“顺便说一下，我的意思是问一下，她到底对你说了些什么？”

“说她在出差，而她的航班因为丹佛的暴风雨而延误了。说她在机场试着给你打电话，但没人接。然后航班取消了，于是她就打出租车回家，等她到家时，她看到留给清洁女工的便条让她别进去。于是就打911报警了。”

女人在说这些时，男人并不看着她。他盯着窗台上的水仙花看，眯着眼睛，好像花的鲜艳绚烂会刺伤他的眼睛。她不再讲时，他还等着，仿佛希望她继续讲下去；等到她没有什么再要说的时候，他说：“如果一个学生把这些写进一篇小说，我会说，这太简单了。”

就在这时，乌云遮住了太阳，房间里暗了下来。女人感到一阵恐慌，想要哭出来的强烈的感觉吓着了她。

“我当时已经全部安排好了，”男人说，“我把杰普寄养在狗舍。约定清洁女工第二天上午来搞卫生。”

“可是你现在怎么样啊？”女子问道，声音有点太大，这让小狗吓了一跳。“你感觉怎么样？”

“羞耻。”

女人开始要反驳，但男人打断了她。“这是真的。我觉得羞愧。但那是常见的反应。”

我知道，女人并没说出来。我一直在看关于自杀的文章。

“不过那不是我全部的感觉，”男人说，一边抬起他的下巴，“结果显示我没什么特别。我就和大多数自杀未遂的人一样：很高兴又活过来了。”

女人感到困惑，她说：“嗯，听到你这么说真好！”

“然而，我一直在纳闷，为什么我没有*更多的*感觉，”男人接着说，“很多时候，我感觉模糊，或者说麻木，就好像这一切是50年前发生的一样——或者根本就没有发生过。不过部分原因是药物引起的。”

乌云移开了，阳光又倾泻进来。

“你回到家肯定很高兴。”女人说。

男人停顿了一下。“出院我当然高兴。感觉更像是过去了几个月而不是几个星期。在精神病病房真的没什么可做的。更糟糕的是，我没法看书，我的注意力被摧毁了，一句话刚看完转眼我就忘了。而且，因为我不想让大家知道发生了什么，所以不可能有人来看我。顺便说一下，你仍然是除家人外唯一一个知道整件事的来龙去脉的人。现在我还是想保持这种状态。”

女人点了点头。

“并不是说这是一段完全负面的经历，”他补充说，“我一直在提醒自己：当厄运降临在一个作家身上时，无论多糟糕，总有一线希望。”

“哦？”女人说，她的身子坐直了，“这是不是意味着你打算写一写这件事呢？”

“这当然有可能。”

“写成小说，还是回忆录？”

“我不知道。现在说太早了。我需要过一段时间。”

“那你现在在创作吗？你还能写吗？”

“嗯，其实，这就是我想要告诉你的事情。我们在病房有个小工作坊！小组治疗的一部分。有一个女人，他们叫她娱乐治疗师。她让我们写诗歌而不是散文——因为我们没有太多的时间，她说，不过毫无疑问也有其他原因。她还让每一个人把自己写的东西大声地读出来。没有分析，没有评论。你知道，就是分享。每个人都写出了最骇人听闻的东西，而其他人则对其赞不绝口。所有这些可怕的、根本不是诗的诗——你能想象那种东西。一个个声音颤抖且嘶哑，有些需要一辈子才能理解。每个人都是真心实意的，你可以看出，他们有机会吐露心声并且看到自己可以让人感动到流泪，这对他们来说有多么重要。而且，哦，以前流过眼泪吗？每一首诗都获得了一阵热烈的掌声。真是非常奇怪。在我多年的教书生涯中，我还从未遇到过我在那病房里感受到的那种情感。非常感人，非常奇特。”

“我甚至很难想象那样的处境当中的你。”

“相信我，我并未失去原本冷嘲热讽的特点。一开始，我认为这种东西自己一点也不需要，就像我根本不需要他们一直鼓励我们使用的涂色书一样——涂色不仅仅是为了打发时间，还因为据说能减少焦虑。但是，这是有问题的，因为他们都知道我是作家，还是教写作的老师，而且看上去我就像是一个极其势利的小人。然而，我说，住在这个病房的生活太枯燥了。我无法读书，而且我拒绝所有的外出活动——我害怕我会撞见某个我认识的人，不得不解释我和一名护士还有一群疯子一起出现在电影院或博物馆里做什么。如果没有别的事可做，工作坊倒不妨是一种消遣，一种消磨时间的方式。后来，绝对实话实说，那个治疗师就出现了。她并不很漂亮，但她年轻而且也有点儿性感，你了解我的。

我希望引起她的关注。我也许是一个精神病人，而且年纪大到可以做她的爷爷了，但我仍然想给她留下深刻的印象。真的，我想跟她上床——并不是说有这种希望。无论怎样，我从上大学开始就没再写过诗，时隔多年又重新提笔赋诗，感觉真有点奇妙。我到死都会记住那阵掌声的。最大的惊喜是，我一直在坚持。”

“你在写诗？”女人想到自己可能会被要求读一些他写的诗，心里又感到一阵恐慌。或者，更糟糕的情况是，坐着听他给她念诗。

“哦，此时此刻我什么都不会给人看的，”男人说，“不过现在对我来说，写一些短的东西会容易一些。坦率地说，一想到要写长篇大论的东西，我就吓得魂飞胆丧。回头继续我以前写的那本书——就像是狗吃自己的呕吐物一样！够了，不说我了。你最近在忙什么？”

她跟男人说了她在教的一门新课。生活与故事。作为自传的小说，作为小说的自传。像普鲁斯特、伊舍伍德、杜拉斯、克瑙斯加德这样的作家。

“能让那些小混蛋读普鲁斯特的作品，运气不错啊！你前一阵在写的那篇东西怎么样了？写完了吗？”

“没有，我放弃了。”

“哦，别呀！为什么？”

女人耸了耸肩。“写不出来了。部分原因是我一直感到内疚，像是我在利用我写的那些人。我无法确切地解释我为什么有这样的感觉，但我就是有。而且，你知道内疚的滋味儿，就像是烟与火：你不会无缘无故就感觉到的。”

“但那是无稽之谈，”男人说道，“对作家而言，一切都是素材，就看你怎么用。难道我会鼓励你写一些我认为不对的东西吗？”

“当然不会。但是，事实是你建议我写写那些女人时，你只是考虑了我，你没考虑她们。这件事对我会有好处。我的书会出版，我的书会有读者，我会得到稿酬。”

“是呀，这就是作家的本分，这叫做新闻工作。但是，你不能告诉我说就没有其他合情合理的理由了。”

“也许有，但都无关紧要。因为实情是，我无法进行。我是说真的。我会写出这样的东西：‘奥克萨娜是一个22岁的女性，苍白的圆脸，高高的颧骨，漂染成的金发，说话带着些许俄罗斯口音。’然后我会读一读我写的东西，感觉恶心。于是我就无法继续了。文思枯竭了。这些调查研究我全都做过。我也全记了笔记。而我就坐在那儿问自己，我希望如何处理所有这些残暴行为的证据、如何处理这些分门别类的穷凶极恶的细节呢？把它组织成一个引人入胜的故事？我如果这样做了，我如果找到了准确的语言和合适的语气——如果我能以一篇干净利落、优秀的散文的形式，将其肮脏到令人恐怖的内容真实、完整地写下来——又意味着什么呢？至少，我想，写作应该帮助我这个作家更好地去理解，但我知道这是一厢情愿的想法。写作不会让我更深入地去理解我所面对的那种邪恶。这对受害者没有任何帮助——这个令人伤心的事实也是不可避免的。我唯一可以肯定的，而且我相信对这样的项目来说通常也是真实的是，参与其中的重要人物总是作家。我开始觉得，我在做的事情不仅仅自私而且还残忍——冷血，如果你愿意这么说的话。我讨厌法医式的态度，而这似乎是这一体裁必备的条件。”

“那么，如果你试着把它变成虚构的小说，也许效果会更好。”男人说。

女人显得有点退缩。“甚至更糟。把那些姑娘和女人塑造成生动有趣的人物？把她们受的苦难写成神话和小说？不行。”

男人夸张地叹了一口气。“我知道这个论点，不过我不相信。如果人人都像你这样认为，那么这个世界上的人就会对他们有充分理由了解的事情依然一无所知。作家必须作证，这是他们的天职。有人会说，作家的使命没有什么比为不公正和苦难作证更崇高的了。”

“自从斯维特拉娜·阿列克谢耶维奇获诺贝尔奖以来，我就一直在思考这个问题，”女人说，“阿列克谢耶维奇说，这个世界充满了受害者。经历了恐怖事件的平民百姓从来没人倾听他们的故事，他们最终被人遗忘。她说，作为一个作家，她的目标是要把笔墨留给这些人。但她不相信这可以通过小说来实现。我们不再生活在契诃夫的世界里，她说，而小说也不能很好地处理我们的现实生活。我们需要纪实小说，从平民百姓、个人的生活中截取的故事。没有虚构。没有作者的观点。她把自己的书叫做有声小说。我也听说过它们被称为证据小说。她的大多数叙述者都是女性。她认为女性叙述起来比男性好，因为她们审视自己的生活和情感时采取的方式通常不为男性所用，更为强烈而且——你笑什么？”

“我只是在想男人应该彻底停止写作这一论点。”

“阿列克谢耶维奇可没说这话。不过她的确提出，如果你想深入了解人生的阅历和情感，就需要让女性开口说话。”

“但是作家自己却缄口不言。”

“对。目标就是让那些真正经历苦难的人也能做见证人，而作家的角色则仅限于赋予这些人以力量。”

“有观点认为：作家的行为本质上都是可耻的，我们全都是可疑人物。这个观点已经根深蒂固了，难道不是吗？我在教书时注意到，每一年我的学生对作家的评价似乎都要降低一点点。但是，当那些想成为作家的人以消极的眼光看待作家的时候，这又意味着什么呢？你能想象一个学舞蹈的学生对纽约市芭蕾舞团有这种感觉吗？或者年轻运动员鄙视奥运冠军呢？”

“无法想象。不过，舞蹈演员和运动员并不被人视为享有特权，而作家却被人这么认为。在我们这个社会里，成为一名专业作家，你必须开始就拥有特权；而感觉则是，享有特权的人不应该再写作了——除非他们能找到一种办法不写他们自己，因为这只会促进白人至上和父权制的议程。你会嘲笑，但你却不能否认写作是一种精英主义的、以自我为中心的活动。你这样做是为了在这个世界上得到关注以及提升自己，你这样做不是为了让这个世界变得更公正。当然，这种联系会让人感到羞愧。”

“我喜欢马丁·艾米斯[1]说的话：谴责小说家的自我主义就如同谴责拳击运动员的暴力行为一样。曾经有一段时间，人人都明白这一点。曾经有一段时间，年轻作家们认为写作是一种天职——就像（埃德娜·奥布莱恩所言）当修女或牧师一般。记得吗？”

“记得，就像我还记得伊丽莎白·毕晓普说过，没有什么比当诗人更令人难堪的了。自我厌恶的问题并不新鲜。现在的新观点是，遭遇过最不公正对待的人才最有发言权，艺术的时代已经到来，不仅要为它们腾出空间，而且还要被它们所主宰。”

“不过，这是一种双重束缚，不是吗。特权阶层不应该写他们自己，因为这促进帝国主义白人父权制的议程。但他们也不应该写其他群体，因为那会是文化挪用。”

“这就是我觉得阿列克谢耶维奇非常有趣的原因所在。

---

1 Martin Amis（1949— ），英国作家，出身于牛津文学世家，是小说家金斯利·艾米斯之子。其处女作《雷切尔文件》（1973）获毛姆文学奖；《金钱——绝命书》（1984）入选《时代》杂志“一百部最佳英语小说”之列；《时间箭——罪行的本质》（1991）和《黄狗》（2003）先后入围布克奖提名。

如果你打算把一个受压迫的群体写进文学作品，你需要找到一种方法让他们开口说话，而你自己则置身其外。人们现在之所以对你必须有天赋才能写作这一观点感到难以接受，是因为这一观点忽略了太多其他人的声音。阿列克谢耶维奇让这些人能够去讲述他们的故事，也有人倾听他们的故事，不管他们能不能写出优美的句子。另一个建议是，如果你写的是关于一个受压迫的群体，你就应该把你的稿酬捐出去帮助他们。”

“如果你需要靠此谋生，这就违背了本意。事实上，受条条框框的控制，只有有钱人才能随心所欲地想写什么就写什么！嗯，对我而言，唯一要认真对待的问题是，打着阿列克谢耶维奇非虚构小说的牌子创作出来的作品是否和虚构小说一样优秀。我本人更倾向于同意多丽丝·莱辛这样的人的观点；她认为，在获取真相这件事上，还是想象力更起作用。而且我也不认同以下这个观点，即，小说已经不能描述现实了。我得说，问题出在别处。我在学生身上注意到的另一件事是：他们已变得极其自以为是，对作家性格上的任何弱点或瑕疵毫不宽容。我可不是指公然的种族主义或厌女症。我指的是任何微小的不敏感或偏见的迹象，任何心理问题的证明：神经症、自恋、强迫症、坏习惯——任何怪癖。如果一个作家给他们的印象不是他们想要结交为朋友的那种人，这一定意味着他是一个进步的人、一个生活严谨的人，那就去他们的吧。我曾经教过一个班，全班同学都认定，不管纳博科夫有多伟大，像他这种人——他们眼里的势利鬼和变态狂——写的书就不应该出现在任何人的阅读清单上。小说家，和任何一个好公民一样，必须循规蹈矩；一个人可以不顾他人的意见，随心所欲地想写什么就写什么，这种想法对他们来说是不可想象的。当然，在那样的文化氛围中，文学是不能发挥其作用的。写作是如何变得如此政治化的，这让我颇为不安，但我的学生们对此却并不十分介意。事实上，他们中有些人想当作家正是因为这个原因。如果你对此稍加反对，如果你试图和他们谈谈关于，比如说，为艺术而艺术，他们会捂上耳朵，他们会指责你是在教授说教。这就是我决定不再回去教书的原因。不要太自怜，但是话说回来，当一个人与当下的文化及其主题如此格格不入时，意义何在啊。”

别太残忍啦，她没说出口，不过，你不会被人想念的。

“无论怎样，你放弃那篇文章，我都觉得遗憾，”他说，“你知道我一直希望你能完稿的。”

“说老实话，”女人说，“还有另外一个原因。我分心了。我开始写别的东西了。”

“关于什么的？”

“关于你。”

“我！好怪诞啊。你究竟为什么决定要写我？”

“嗯，我本来并没有确切的计划。圣诞节前后，我碰巧看了那部电影《生活多美好》。我肯定你也看过。”

“看过好多遍。”

“你知道是怎么回事儿。吉米·斯图尔特[1]——乔治·贝利——企图自杀，被一个天使阻止；天使让他看到，如果他从未在这世上出现过，那会是一个多大的损失。我当时坐在那儿，和杰普一起看着电影——我把杰普抱在我的大腿上——当然我就想到了你。我的意思是，在我听到这件事情后，就总想到你，不知道你是否会好起来。”（这时候，男人的目光又一次被吸引到窗台上的那些花儿上。）“我当时

1 James（Jimmy）Stewart（1908—1997），美国演员，在《生活多美好》中饰演男主角乔治·贝利，该片获第19届奥斯卡金像奖最佳男主角提名。

在想这一次是多么侥幸的死里逃生啊。于是我就彻底把电影给忘了，开始想象如果你这次没被阻止住，结局会是什么样子。毕竟，这纯属运气——或者，也许，你有一个守护天使。无论如何，我已无法不想这件事。如果你没有被及时发现会怎么样？于是，我知道这就是我需要写的。”

如果这个男人先前脸色苍白，那现在就是像纸一样白了。“我没听错吧？请告诉我听错了。”

“对不起，”女人说，“我本来应该说那是一部虚构的小说的。我把每个人都进行了伪装。”

“哦，你饶了我吧。你以为我不知道那意味着什么？你把我的名字改了。”

“其实，我没用名字。所有人物我都没有起名字。除了那条狗。”

“杰普？杰普也被写进去了？”

“嗯，也不完全是杰普。有一条狗。他是一个重要的角色。而且，他有名字，叫阿波罗。”

“对一条迷你腊肠犬而言，这可是个大名字，难道你不觉得吗？”

“他不再是一条腊肠犬了。正如我说过的，这是虚构小说，一切都不同了。嗯，不是一切。比如，我保留了你在公园发现他的这个细节。不过，你知道怎么处理的。你从生活中汲取一些素材，再和其他一些素材合成到一起，你讲述大量半真半假的故事。于是杰普变成了一条大丹犬。而且我还把你变成了一个英国人。”

男人抱怨："你就不能至少让我成为意大利人吗？”

女人放声大笑。“这是我从克里斯托弗·伊舍伍德那里学到的，把现实生活中的人变成小说中的人物。就像是你坠入爱河时的感觉，他说。小说中的人物就像是那个心爱的人儿：总是与众不同，绝不只是另一个人。所以你忽略了有关这个人和其他人没什么不同的那些细节。相反，你把涉及他们的那些让你感到兴奋或有趣的东西、那些让你想去写他们的特别的东西放在首位，而且将那些内容夸大。我知道人人都想成为意大利人。但是，自从我认识你以来，我就总觉得对我而言你就像是个英国人。”

“那么你在写这部小说时就决定要把我写成一个异教徒吗？”

女子又一次放声大笑。“没有。不过，我的确把你写得比实际的你更风流好色一点点。”

“就一点点？”

“啊。你感到不安了。”

“你肯定本来就知道我会啊。”

“我的确知道。我承认我本来就知道。你写那些人的时候，他们何时喜欢过呀？但我不得不做点什么事儿。正如我说过的，从我听到所发生的事情的那一刻起，我就根本无法不去想它。因此，我就做了如果你是作家、如果你痴迷于某件事时你也会做的事情：你把它变成一个故事，你希望能通过这个故事让此事平息，或者至少帮助你弄明白它意味着什么。即使经验让我们明白，这样做几乎从未真正有效过。”

“是的，我知道，你没必要告诉我这些。作家真的就像是吸血鬼，你也没有必要告诉我这一点，我肯定跟你讲过这些的。再说一次，我并未失去冷嘲热讽的特点。不过，如你所见，你已令我大吃一惊。我不知道作何感想。你都做了些什么？此刻我可以告诉你，感觉上这就像是一种背叛。绝对是一种背叛。而且，和你刚才的一番交谈后，我的确不得不问：是什么让我沦为可以被嘲弄的对象？你至少可以再等等啊。上帝。我那边还住在医院，处在我一生中最低潮的时刻，而你却在电脑前一页接一页地奋笔疾书。这一幕不是很美。

不。事实上，它给我的印象完全就是低级庸俗。什么样的朋友啊——哦，你太无耻。我知道，你无话可说了。我很惊讶你居然还能直视我。我刚才没听错吧，关于一条狗？那条狗是主角儿？拜托别说什么厄运降临到这条狗的身上。”

打败空白页!

第十二章

这就是生活，嗯？阳光灿烂，不是太热，惬意的微风，鸟鸣声声。此刻，我知道你喜欢晒太阳，不然的话你不会躺在阳光下，你会和我一起待在这门廊的阴凉处。事实上，那太阳照在你一身老骨头上一定舒服极了。而且，你可能和我一样，觉得海风轻拂，十分清新宜人。每当海风朝我们这个方向吹来时，你就抬起头来嗅着，于是我知道，你的3亿个嗅觉受体细胞所接受到的气味，远远超过我那可怜的600万个嗅觉受体细胞所接收到的浓烈的咸味儿。对一个人来说，很难同时闻出一种以上的气味。当我听到有人描述一种葡萄酒有浓郁的黑胡椒香味儿，随后又有些许树莓和黑莓的味道时，我就知道他们那是在胡说八道。让我看看，哪怕是没有必须先经过胡椒这一关，又有哪个人能区分出树莓和黑莓的味道。但另一方面，根据对狗的科学研究，你的鼻子的灵敏度是我的数万倍——它能在200万桶苹果中嗅出一个烂苹果来——此刻，它完全是一个不同的器官。

更为神奇的是，你可以在任何时候，分辨出来自四面八方无数种不同的气味。有着这样的能力令每一条狗都成为奇迹狗。但谈论了太多的信息。这样的能力会让任何一个人发疯。

回想起过去，你常常在半夜把我叫醒，我躺在地板上的时候，你深深地嗅遍我全身每一寸地方。搜寻着数据。我是谁、我可能有什么锦囊妙计。你现在还会一直嗅我，但已经全然没有了原先那种追根寻源的热情。

科学研究表明，你不仅可以闻出我今天早餐吃的什么，还可以闻出我昨天的晚餐；我身上穿的短裤和T恤衫上次是什么时候洗的、有没有用漂白剂；我最近穿这双凉鞋去过哪里，以及我换了什么牌子的防晒霜。所有这些对你来说均是小菜一碟。但是，既然我现在知道狗狗们能做什么，也就没什么会让我吃惊了。我们经常遇到的那个遛着一对串串母女的女人，就说狗能报时。下班回家的路上，她说，我抬头看到我的两个宝贝在窗口，而我还离着一个街区的距离呢。她们可以根据我的气味在空气中的浓度来辨别。

我认为这么说是公平的，多亏了你卓越的天赋，你对我的理解超过了我对你的理解。荷尔蒙和费洛蒙[1]让你保持更新。我为一周后又要开学的焦虑。我身上看得见的伤口。看不见的恐惧。我的孤独感。我的愤怒。我无休无止的悲伤。你全都能嗅到。

还有。一小部分还没有被医学检测到的恶性细胞？在我的大脑里悄无声息地形成的斑块和缠结预示着痴呆吗？

据推测，给人做伴的狗能先于女主人本人知道她怀孕了。

对有人要去世的情况也是这样。

并不是说你的嗅觉已经不像以前那样灵敏了。年龄确实使它变得迟钝了，这对人也一样。你看那鼻子：曾经就像是一颗成熟的、水润欲滴的黑布林，现在又硬又灰，像烧过的煤炭。

我是在说：火热的太阳，凉爽的微风——我很肯定，这些你都喜欢。但对鸟鸣声呢。院子里有一个喂食器，有很多的鸟儿。我们整天都能听到山雀、麻雀、燕雀和知更鸟的叫

---

1 即信息素，也叫外激素。指的是由一个个体分泌到体外，被同物种的其他个体通过嗅觉器官察觉，使后者表现出某种行为、情绪、心理或生理机制改变的物质。

声——但有几个小时除外，这个时间段中，非常神秘，每只鸟都突然安静下来，仿佛他们都上教堂去做礼拜了一样。

我喜欢鸟叫的声音，甚至是哀鸣的鸽子发出的单调的“我的命好苦啊”的“咕咕”声，以及松鸦、乌鸦和海鸥发出的尖叫声我都喜欢。但是你，对人工制造的任何音乐均无动于衷，大自然的音乐对你会产生什么影响呢？

我就认识一些人，他们根本不喜欢鸟鸣声，他们甚至会觉得这声音令人讨厌。有一个故事说的是指挥家谢尔盖·库塞维斯基，他抱怨在坦格伍德音乐中心的一个个清晨被那些唱歌跑调的鸟儿吵醒。

有时候，一只鸟儿会吸引你的目光——就像城市里的鸽子有时会吸引你的目光一样——在低空飞过或者在草坪上雀跃，但他们从来未能诱惑你去追逐。

松鼠、兔子和花栗鼠也会出现，有些胆子很大，敢靠得很近，不过他们都无需害怕。

邻居家的一只公猫，体毛和你一样黑白两色，站在草坪边上，眯着眼睛看你，一副不以为然的神情。

有一次，一条长相奇怪的狗飞奔而过，鬼鬼祟祟又快步如飞，转眼就不见了，快得让我以为产生了幻觉。后来我才恍然大悟：那根本不是狗，而是一只狐狸。

我想知道你这辈子有没有追逐过什么动物。在我看来你一定追过的。本能在那儿呢。毕竟，追猎野猪的特性就在你的基因里。

并不是说我对我们和平相处的王国感到不高兴。我不会允许它以任何其他状态存在。

刚刚记起，我的前男友曾训练博，让他头上顶着一只宠物鼠，静静地坐上整整一分钟时间。

我曾见到你抓苍蝇和其他昆虫，令我担忧的是，其中包括会蜇人的昆虫。还有一次，我还没来得及阻止你，你就吞下了一只巨大的蜘蛛。

或者也许是那只鼠，被训练成把一条狗坐在它的屁股底下。

这儿另外一种无休无止的声音是海浪拍岸声，我愿意认为这声音对你和对我感觉是一样的，给人闲适宁静感。

我们第一次去海滩的时候，我就想知道，你以前有没有见过大海，有没有下水游泳，有没有在沙滩上走走。（我猜想，你那大脚印会令一些人驻足。）幸运的是，海滩只有几分钟的距离。我们避开太阳当头的时光，只在清晨或者黄昏去。虽然距离很短，但走过去对你来说并不总是一件容易的事儿。你走得很慢，且越来越慢——我在这里避开的词儿是蹒跚。我担心哪一天，我们会好好地到了海滩，但是接下来你却无法走回去了。

不久前，在城里发生了一件可怕的事情。那天天气灼热，是这个季节第一个真正糟糕的日子，我们朝公园的阴凉处走去。但我们还没到那儿，虽然我们还没走多远，你就停了下来，扭曲着身子，瘫倒在水泥地上，显然很痛苦的样子。

我简直惊惶失措，以为此时此地我就要失去你了。

天底下还是好人多啊。有个人冲进一家咖啡馆，端着一碗冷水回来，你躺着就贪婪地喝了下去。这时，一个从边上经过的女人停下脚步，拿出一把伞，站在那里撑开伞为你遮挡烈日；我上班迟到没关系的，她说。一个开车经过的男子提出让我们搭他的车，但我知道你爬进后排座会有困难，幸好那个时候你缓过来了，我们才得以走回去。

现在，每次出去遛你，我的心都提到嗓子眼。

但是你必须走路，兽医说了。你至少必须每天有些运动。

药物起作用了，他告诉我。虽然还不能让疼痛完全消失，但止痛药和消炎药确保你不再受罪。当然，这会变化，对我而言这才是受罪。因为我怎么会知道呢。

阿克利对奎妮最后的描述一直缠绕在我脑海里：她开始把脸转过去对着墙，背对着我。就在那一刻，他认为这一迹象意味着他应该想办法把她——杀了。

你会让我知道的，是吧。记住，我只是人，我远远没有你那么敏锐。我需要有一个预兆让我知道那一刻即将到来。

我不认为这是在改变自然、扮演上帝，或者，像有些人认为的那样，是在干扰一个生灵的精神之旅、干扰其通往中阴之行。我视之为一种福祉。我为你祈祷的东西也就是为我自己祈祷的。

而且我当然会相伴左右。我会陪着你最后一次去兽医那儿。

昨天你早饭碰都没碰，我原以为那一刻已经到来了。我掰下一块我自己的早餐面包，你从我手里把它吃了。（就像是一起在做弥撒读经。）不过，到了晚上，你的胃口恢复了。

因此我们别再想这事了。我们就管今天，就是这一天。这个奉送的完美的夏日早晨。

又一个夏天。至少你得到了。

伸展四肢、舒舒服服地躺在阳光下度过的又一个夏季。

而且至少我还有机会道再见。

我这是在和你说话，还是自言自语？我承认界线已经模糊了。

我们来这儿前的那几个星期过得太艰难了。你已经有一段时间不能自如地上下五楼了，所以我们就开始乘电梯了。大多数情况下对邻居们都没问题。现在他们见到我们已经习以为常了，只有一个人，一个退休护士，她丈夫去年因白血病病故了；她曾经质疑你被称为治疗动物。不过即使是她也说过你很有规矩，为了不在狭小的电梯内占据太多的空间，你把身体蜷缩成一团。而其他一些房客，就像我们经常遇到的那些人一样，见到你显然都很开心，就像人们被任何一种性情温柔的庞然大物所吸引时常常表现的那样。

但是你皮毛上越来越刺鼻难闻的味道、你呼吸出来的恶臭还有流出来的黏稠的口水——尤其是现在时值酷热时节，在那个密闭的空间里面，真的令人窒息——越来越难以被人忽视。

然而，怕什么来什么。电梯里、走廊里、铺着地毯的大厅里。每天不发生点事情一天都过不去。这个问题在公寓里最为严重。一个邮递员说，上帝啊，这里闻上去像是马厩。另外一个人说是动物园。赫克托，上帝保佑他，他什么也没说。

三块地毯，沙发，还有床都得搬走。我又买了一个橡胶充气床垫，我们开始并排睡在地板上的两个床垫上。

我尽了最大的努力，使劲地拖地、擦地，每星期都要用掉好几瓶来苏尔消毒液。不过这个活儿开始显得异常艰巨，而且那味儿从未真正消失。它已经开始渗透到木地板里、书架上。我所有的衣服上也都有这味儿——就像我20多岁时抽烟，衣服上有烟味儿那样子——我有时候还担心我的皮肤和头发里也有这味儿。

确实很糟，但还没糟到*那种地步*，那个对我的处境一直很同情的人说。你们需要做的就是离开一段时间，让这个地方换换空气。

就在我快要绝望的时候，他来救我们了。

我妈妈不得不住进一家养老院，他说。她在长岛有一个小别墅，她过去常在那里避暑。我们刚刚把房子卖了，但新主人要到劳动节[1]后才接手房子。他们计划把那地方里里

---

1 指美国劳动节，每年九月的第一个星期一。

外外彻底清理干净、彻底翻新，这样的话，这段时间无论狗在那儿造成什么样的破坏都无关紧要了。而且他还可以在户外待很长时间。今年夏天我自己也很少去那里。我得上班，我讨厌当周末游客，尤其是在八月，交通太糟糕了。不管怎样，只剩两个星期的时间了，你比我更需要它。你会发现，在那里你的生活会轻松得多。你不在的时候，如果你愿意，我看看能不能帮你收拾一下公寓。

我的英雄。

甚至开着他的越野车把我们送到了这里。

在不伤到你的情况下把你弄上越野车是又一个难关。赫克托想出了一个解决办法：一扇存放在大楼地下室的旧门板搬出来充当了临时坡道。

这里没有楼梯，我们不用担心，只需要两个小小的台阶就可以到达门廊。也不需要汽车。骑自行车6英里我就可以到镇上买生活必需品。从今天起一个星期后，我们必须离开，到那时候，我们的朋友会开着他的越野车来接我们回家。

到这儿的第一个晚上就遇上了狂风暴雨。我们一起蜷缩在屋子里，听上去屋顶像是在遭受着狂轰滥炸。雨下了一整夜，然而到了早晨，一片宁静。就像是剥去了一层膜，露出了一个全新的世界，明亮又洁净。你几乎可以听到舒伯特的《圣母颂》。你几乎能闻到那蓝色。从那以后的每一天都是那么的美好。

在海滩，通常是黄昏时分，我们有时会看到另外一对：一个光着膀子的年轻人，焦糖色的皮肤、冰金色的头发——一个真正的沙滩男孩——和他的魏玛猎犬。我们看着那条狗一次又一次跳进水里捡回年轻人扔给他的那根棍子。小伙子只有一条胳膊。那根棍子远远地、远远地扔了出去。那条狗远远地，远远地游去又游回，一次又一次，挺胸面对一个波浪接着又一个波浪，不知疲倦。令人激动的一个场景。他看上去是多么兴奋、多么得意，狂奔回去把棍子扔在那年轻人的脚下。

看着这两个强壮、年轻的生灵玩耍时，我抑制不住一阵嫉妒。但也就是我而已。你还是和平常一样安安静静地看着。你对嫉妒一无所知。没有渴望,也没有怀旧。没有遗憾。你可真是一种不同的物种啊。

我原以为时间会过得更慢一些，因为我一直懒懒散散。读读埃尔莫·伦纳德[1]，追追《权力的游戏》，备备课——仅

1 Elmore Leonard（1925—2013），美国小说家和编剧。著有《矮子当道》（*Get Shorty*）等作品。

此而已。吃的主要是三明治，而且太懒了，连做都懒得做，每天从熟食店买两个，再从农产品摊买一些水果，这就够了。

我一个小时接一个小时地坐在门廊上，静静地思考。比如，想那个治疗师——还记得他吗？我一直在想他说过的话。自杀是会传染的。最能预测自杀的因素之一就是了解自杀者。我当然知道他要去哪里。庸医一个。我记得曾告诉他我做的梦，雪地里那个一袭黑衣的男子。他是在招手——快点，快、快——还是在警告我走开？

我之所以想到这个，是因为几天前的晚上我又做了同样的梦。只是这一次，我们不是在一片空旷的雪地上，而是在某种战场上。炸弹在爆炸，士兵在瞄准和射击。这一次是一场彻头彻尾的噩梦。

临床常见的做法是让一个在谈论自杀的人描述一下，如果他们要自杀会怎么做。计划越具体，警报就越响。此刻，如果是我准备和这个残酷的世界说再见，我就会在恰当的地方。投身大海，尽可能远地游离海岸。不过也不会太远。我游泳的水平很差，从来没有在水深没过头顶的水里游过。

但是，难道我没听说过溺水身亡是最糟糕的死亡方式吗？我肯定在什么地方读到过这种说法的。问题是，他们是怎么知道的呢?

这是她永远也不会描述的一次经历。

说——大海——带走我。诗人是在谈论爱情，抑或死亡?

什么也没有改变。依然非常简单。我想念他。我每天都想念他。我非常想念他。

但是，如果这种情感消失了，情况会怎么样呢?

我不会希望这样的情况发生。

我告诉心理医生：如果不再想念他，这种状况一点也不会让我高兴。

爱情是急不来的[1]，正如歌中唱的那样。同理，悲痛也是急不来的。

我这么认为，他做的这件事，在他之前，大家都知道，别人也已做过：让自己相信，他身后留下的人都会好好的。我们会震惊一段时间，然后我们会悲伤一段时间，然后我们就会把它淡忘，就像人们通常那样。世界没有终结，生活总得往前，而我们也得往前，去做我们不得不去做的事情。

---

1 此处指英语歌曲 *You Can't Hurry Love*。

如果这是他为了不受折磨，尤其是不受负疚感的折磨而不得不做的事，我并不介意。我并不介意。

当然，我担心写这件事可能是个错误。你写下一件事，因为你希望能控制住它。你写一次次的过往经历，部分原因是为了理解它们的意义，还有部分原因是为了不让它们被时间淹没。遗忘。但是，总会有相反的危险发生。失去了对经历本身的记忆，取而代之的是对此经历写下的东西的记忆。就像人们对他们去游玩过的地方的记忆实际上只是对他们在那里拍的照片的记忆一样。最终，写作和摄影毁掉的过往可能比它们保存下来的还要多。所以，这种事有可能发生：通过写某个失去的人——或甚至只是过多地谈论他们——你就有可能将他们永远埋葬。

问题是，即使是现在，我仍然不能肯定地说我是否爱过他。我恋爱的次数不算少，对每一次都丝毫没有怀疑过。但是对他——哎，这个现在还有什么关系。谁说得清。爱是什么？这就像一个神秘主义者试图给信仰下定义，我记得我在什么地方读到过：不是这样，不是那样。就像这样，但不是这样。就像那样，但不是那样。

但是，说什么都没改变是不真实的。并不是说我会用治愈、恢复或结束这样的措辞，而是我意识到了一些不同的东西。某种就像是准备的东西，也许。尚未，但即将释然。放手。

短信：你怎么样？你的公寓现在已窗明几净！

我的英雄。

此刻我在想这栋房子的女主人。曾经的女主人。一个我从未谋面的女人。除了最基本的生活必需品外，三个小房间都已搬空了。卧室的墙上挂着一幅镶着银框的黑白照片，可能是疏忽落下的。一对夫妇，毫无疑问是她和她丈夫，站在一辆轿车边上。（那时候的人为什么总是站在轿车旁摆拍呢？）男的一身美军军装，女的则是当时风格的时装：宽宽的肩膀、胜利卷发型[1]、米妮鼠轻便鞋。英俊／美丽。年轻。还只是孩子。我知道他十多年前就去世了。似乎她一个人一直都应付裕如，但从去年开始，问题一下子全都出来了。从一个精力充沛的游泳健将、园丁和破解纵横字谜的高手，她变得生活不能自理。走不动、看不见、听不见、不能咀嚼、

1 victory rolls，是20世纪40年代流行起来的一种发型，原本是用来形容战斗机的一种飞行方式。当时美国女性为了庆祝二战胜利，开始把这种“蛋卷”发型叫做胜利卷。

气喘吁吁。几乎没有记忆。意识也越来越少。

她什么时候种的那些玫瑰。现在全都盛开了，红的红、白的白。扑鼻的花香令人流连忘返，哦。我想，年复一年，这些花儿一定让她十分愉悦，也令她感到骄傲。让我难过的不是我认为她一定会想念它们，而是想到她再也不能想念它们了。我们想念的东西——我们失去的以及我们悼念的——难道不就是这些构成了内心深处我们真正的自我吗？不要说我们一生想要什么，说一说我们从来没有得到过的东西。

肯定是过了一定的年龄。这个年龄可能比人们想象的要小。

我看到太阳把你晒得昏昏欲睡。但是我们别晒太多的太阳，嗯。今天气温应该有90华氏度。

也许我应该给你喝点水。这会儿我自己就端着一个漂亮的大玻璃杯在喝冰茶。

哦，看啊。蝴蝶。一大群蝴蝶，像一小朵白云飘过草坪。我想我还从未见过这么多的蝴蝶像这样一起飞过，尽管它们双飞双宿并不罕见。是菜粉蝶，我想。太远了，看不清翅膀上是不是有黑色的圆斑。

它们应该提防你，哦，你是吃虫的。猛地一口下去就能把它们大部分都吞掉。但它们就正对着你飞了过去，仿佛你不过是躺在草地上的一块巨石而已。它们像五彩纸屑一般向你飘落下去，而你——纹丝不动！

哦，那是什么声音啊。那只海鸥看见了什么能让它发出那样的叫声啊？

蝴蝶又飞了起来，朝着海岸方向飞去。

我想叫你的名字，但喉咙哽住没发出声来。

哦，我的朋友，我的朋友！

译后记

无论是以爱心还是以耐心来衡量，我都不算是个爱狗人士，因此，虽然我知道我的朋友美国作家西格丽德·努涅斯写了一部与狗有关的小说，但在收到她寄赠的签名本之前，我并没有翻译该小说的打算。原因很简单，尽管出版方出于营销的考虑，强调，甚至夸大了“人狗情未了”这部分的宣传，我对薄薄一本“人与狗”题材的小说并不太感兴趣。这样，收到赠书后，我并没有马上去看，而是过了一段时间，等忙完手头的事，才拿起来细读，但这一读，便放不下来了。

我与努涅斯有多年的交往，对她较为了解。努涅斯1951年生于美国，父亲是中国–巴拿马混血儿，母亲是德国人。努涅斯在哥大读硕期间，曾在《纽约书评》杂志社做过编辑助理，毕业后有一小段时间是苏珊·桑塔格的助手，后在美国多所大学教书，并走上文学创作之路，于1995年出版小说处女作《上帝吹飘的羽毛》(*A Feather on the Breath of God*)。2018年之前努涅斯已经出版了6本小说，这些作品多涉及移民文化以及跨文化交流与冲突等题材和主题。

她的作品曾获罗马文学奖、怀丁奖等文学奖项，并被译成多种语言出版。2012年，上海译文出版社出版了她的第一部非小说作品《永远的苏珊：回忆苏珊·桑塔格》（*Sempre Susan: A Memoir of Susan Sontag*），这是她那张带有亚裔气息的脸第一次为中国读者所认识。随后，2015年上海文艺出版社引进了她的《上帝吹飘的羽毛》，扩大了她在中国的影响。

《我的朋友阿波罗》是努涅斯创作的最新小说。这本小说篇幅较短，只有212页。有读者评论，作者的散文化风格“干干的”（dry），一点也不诗情画意；但那种干，并不是学术论文般的“干”，而是新闻纪实的“干”。看似平铺直叙，娓娓道来，却暗流涌动，干货多多。

原作书名为*The Friend*，封面上是一条大丹犬，小说即是围绕着“我”和大丹犬的故事展开的。这条名为阿波罗的大丹犬是“我”的导师（也是朋友／情人）自杀身亡后留下的，因种种原因无人愿意收养，最后交到了“我”手里。不过，这只是故事中的一条线索，为的是讲述人与动物（狗、猫，以及其他动物）之间的关系（当然，也表达了“我”对逝者的思念，因为养着这条狗，似乎也就拥有了狗原来的主人的一部分）；作者用“他／她”而非“它”来指称这些动物，并不是单纯的拟人化，而是视它们为人类的同类，至少是平等的世间存在。小说还有诸多支线，涉及师生关系、作家与读者的关系、(心理)医患关系，此外，作者还谈及自杀、婚外情、贩卖妇女(女童)、雏妓等严肃而沉重的话题。

作者采用第一人称叙述视角，仿佛是在记日记，又像是在给自杀去世的导师写信，抑或只是在喃喃自语地回忆他们的过往，讲述他身后留下的三个未亡人(三任妻子)在他离世后的表现和表演；其间还貌似屡屡跑题，详略不一地说着和狗有关或无关的话题，有意无意地提到一部部小说和电影。为了更好地翻译这部小说，随着小说情节的发展，我又重读了库切的《耻》、昆德拉的《不能承受的生命之轻》和里尔克的《给青年诗人的信》,(重)看了《忠犬八公的故事》《走出非洲》《永远的莉莉亚》《我的小狗郁金香》《白色上帝》《生活多美好》《胡迪尼》《沉默的羔羊》等电影。这些小说和电影都与这本小说有着密切的联系，它们让你意识到作者在用这些小说和电影帮助她更好地讲述她在谈论的话题，同时也帮助读者更好地理解她的意图。

小说共12章，我们读到第11章时颇感迷惑，难道“我”是在用实验手法写小说、把整个故事放大了？这一章揭示了故事一开头就自杀身亡的那个导师实则自杀未遂，而大丹犬其实是一条迷你腊肠狗；导师也没那么好色，他只有一个妻子，并不是像前面章节中所叙述的那样，有一个妻子加两任前妻以及N个前女友，还不包括那些偶遇、艳遇的女人。然而，“这个故事应该如何收尾？一段时间以来，我一直想象它会这样结束”。这两句话又让我们明白，这其实不是真正的结局，而是另一个版本的结局，是叙述者的一厢情愿。

小说的最后一章又回到了大丹犬身上，令叙述者，同时也令读者伤心欲绝的真正的结局。作者安排的场景是面朝大海，凉风习习，在“我”一声声“我的朋友、我的朋友”的呼唤中，大丹犬寿终正寝。

这时候，我觉得这部小说又像是一本写作教材，在教我们如何写小说。当然，作者本身就在大学里教书，她的确教写作课；而《我的朋友阿波罗》中的叙述者也在大学里教书，也教写作课，因此，小说中有一些关于写作的写作。小说来自生活，又区别于生活，精彩与否就看小说家能否妙笔生花了。

小说中另一个把教学用到创作上来的例子是她的建议或者做法——打败空白页！这是著名作家詹姆斯·帕特森鼓励其他作家写作时说过的话，意思是：来上我的写作课，现在就动笔，打败空白页，你就能和我一样成为畅销书作家。作者嘲讽地拿帕特森开了个玩笑，她在11章和12章之间整整一个页面上就写下了这一句话：打败空白页！不过，真是无巧不成书，帕特森说对了，这一次她还真的成功了，《我的朋友阿波罗》获得2018年美国国家图书奖。当然，这是后话。我们不也常说：试一试，没准就成了呢？

作者在这部小说中使用的实验手法，还体现在作品中多处使用的自由直接引语。没有了引号的隔开，行文变得更加流畅，遣词更加简练，同时叙事更加口语化，描写的家长里短也更生动。

我曾译过三位美国国家图书奖得主的书，桑塔格是第一个，丹尼斯·约翰逊第二个，现在是努涅斯。三位作家对待他们作品的译介问题，态度和处理方法并不一样。桑塔格会忙中抽时间为自己的作品写中文版序，回答译者的问题时则尽量简洁，绝不阐释，还多次叮嘱我就按字面意思译，千万别阐释。约翰逊则坚决不同意写中文版序，并不是他傲慢，他说他愿意回答译者的任何问题，并强调译者的任何问题都不是小问题，我也的确问了他大大小小很多问题，因为他那部获奖小说——原作长达614页的《烟树》——也太厚了，厚到甚至他自己都把里面有些人物关系都搞错了，为此，他曾在邮件里多次向我表示歉意。努涅斯2011年底曾应我之邀，专门为拙译《永远的苏珊：回忆苏珊·桑塔格》写了中文版序，可这次也和约翰逊一样，采取不为自己的作品写序的做法，但她对我提出的问题总是给予详尽的解答，详尽到就像是老师上课时在讲解一篇课文，解释其中的难句，甚至会举例说明，完全站到了反对阐释的对面。她这样做是译者的福气，有助于译者透彻地理解原文，避免翻译错误。当我告诉努涅斯《我的朋友阿波罗》中译本即将交稿时，她向我表示感谢，并说她获奖后明显忙了起来，要出席各种会议，发表演讲，还要照常在大学教书，同时，又一本小说已在创作中……

让我们期待她的下一本书早日完稿！

译者

2019年4月26日于南京仙林

Sigrid Nunez
THE FRIEND

图字：09-2019-294号

图书在版编目（CIP）数据

我的朋友阿波罗/(美)西格丽德·努涅斯著；姚君伟译. —上海：上海译文出版社，2020.7
书名原文：The Friend
ISBN 978-7-5327-8394-6

Ⅰ.①我… Ⅱ.①西… ②姚… Ⅲ.①长篇小说—美国—现代 Ⅳ.①I712.45

中国版本图书馆CIP数据核字(2020)第083712号

我的朋友阿波罗
［美］西格丽德·努涅斯　著　姚君伟　译
责任编辑/管舒宁　装帧设计/柴昊洲

上海译文出版社有限公司出版、发行
网址：www.yiwen.com.cn
200001　上海福建中路193号
苏州市越洋印刷有限公司印刷

开本 787×1092　1/32　印张 8.25　插页 5　字数 103,000
2020年10月第1版　2020年10月第1次印刷
印数：00,001—15,000册

ISBN 978 7-5327-8394-6/I·5150
定价：58.00元